熟れくらべ

◆◆◆

庵乃音人

Otohito Anno

紅 beni 紅文庫

目次

装幀　遠藤智子

熟れくらべ

第一章　人妻の頼みごと

1

「あら、うまくなってきた」

身を乗りだし、目を輝かせたのは都築真奈《つづきまな》。

正確な年齢はわからないが、おそらく三十代なかばといったところだろう。

（うっ……）

至近距離で目があってしまい、吉浦慶太《よしうらけいた》はドギマギする。

なぜだかこの人妻は、いつでも親しげに慶太に声をかけてきた。

「そ、そんな。まだ手がふるえちゃって」

顔が熱くなるのを感じながら、慶太は謙遜《けんそん》する。

だが真奈は「ううん」とかぶりをふり、長机の向こうから、感心したように慶太の習作を見た。

「はじめてなんでしょ、仏画」

「え、ええ」

「今日で……ええと……」

「三回目です、やっと」

慶太が言うと真奈は目を細め、笑顔でこちらを見つめて言う。

「でしょ。それでもう、こんなにきれいな線が引けるようになるんだから、たいしたものだと思うわよ」

「いやいや、まだまだ……」

「ンフフ。うまいわよ、じょうず」

慶太は照れ、かゆくもない頭をかいた。

長机の向こうの真奈は色っぽい笑みとともに、慶太と卓上の仏画を見くらべる。

仏画——いや、正確に言えば、まだこれは仏画ではない。

慶太はひと月ほど前に、広大にして深遠な仏画の世界に足を踏みいれたばかり。

師匠から命じられ、ずっとやっているのは、まだいわゆる写仏である。

しかも、挑戦している写仏は今回でやっと二枚目。初回と前回の二回に分けてとり組んだすえ、ようやく完成させた地蔵菩薩《じぞうぼさつ》の写仏につづき、今回は不動明王《ふどうみようおう》を描《か》いてみなさいと命じられてやっている。

（緊張する。平気で顔を近づけてくるんだもんな）

慶太のもとを離れ、ほかの生徒のもとに近づいていく真奈を見て、なおも胸をドキドキさせながら慶太は思った。

ただでさえ身体がこわばり、筆を持つ手がふるえてしまう。それなのに、あんなきれいな人に近くに来られては、精神統一などできやしない。

真奈は男好きのする、癒《い》やし系の美女。

笑うと垂れ目がちになり、まるみを帯びた鼻梁《びりょう》との相乗効果で、妙に蠱惑《こわく》的なものを感じさせる。

ふわふわと明るい栗色《くりいろ》の髪はセクシーなウエーブを描き、肩のあたりで毛先を揺らしている。唇はぽってりと肉厚で、これまた男を浮きたたせる官能的な魔性に富んでいる。

そのうえ、真奈の魅力はその顔立ちだけではなかった。

（見ちゃだめだ）

視線が吸いついてしまいそうなエロチックな肢体。慶太はあわてて目をそらす。

胸もとを盛りあげるたわわなふくらみはおそらくHカップ、百センチ近くはあるだろう。

しかも、ただ豊満なだけではない。ちょっと動くだけで、おもしろいほどたっぷたっぷと重たげに揺れ、見るものを落ちつかなくさせた。

全体的に、肉感的なボディライン。ヒップの張りだしかたも男泣かせで、スカートの生地をパツンパツンに張りつめさせ、まるみと大きさをアピールしている。

こんな女性と結婚できた夫は、きっと幸せな毎日だろう。

だが、言うまでもなくしょせんは他人《ひと》ごと。慶太は習作に意識を戻す。

(たしかに、少しはまともな線になってきたかな)

描きかけの自作を見下ろし、慶太は思った。

はじめて手がけた地蔵菩薩にくらべたら、いくぶん筆遣いがまともになってきてはいる。習うより慣れろよと最初に師匠から言われたが、まさにそのとおりかもしれない。

(さて、がんばるか)

深呼吸をし、ふたたび写仏に集中しようとする。小声で雑談を交わしあう生徒たちの声がみるみる遠くなり、雑念も消えていった……。

吉浦慶太は三十三歳。

北関東X県の小都市に暮らすサラリーマンである。

勤めているのは地元の中堅IT企業。

大手IT企業の下請としてさまざまなプログラム開発をするその会社で、プログラマとして働いている。

自分で言うのもなんではあるが、これと言った取り柄は特にない。ITの知識なら人並み以上にあるものの、仕事なのだからあたりまえ。いばるほどのことではない。

平凡を絵に描いたような小市民。それが慶太自身の自己採点だ。

女性関係にしても、とっくに三十路《みそじ》をすぎたこの年まで浮いた話もない。

いや、それはたしかに人並みに、恋のひとつやふたつ、してこなかったわけではない。恋人だって何人かはいた。だが、どれも長くはつづかなかった。

その理由は、おそらく二点。

まずひとつは、つきあった女性たちから見たら、おそらく慶太などあまり魅力的ではなかったのだろうなということ。

たしかめたわけではなく、低い自己評価のせいもあるかもしれないが、慶太はそう思っている。

相手にあわせることならいくらでもできるが、俺についてこいよ的なたくましさや、いわゆる男らしさとはとんと無縁な性格。

ものたりなさを感じられてもしかたがないと慶太自身が感じている。

そしてふたつめの理由は、こんなことは申し訳なくて女性たちには言えなかったが、どの恋人に対しても、慶太は心底本気になれなかった。

したがって、終始あっさりとしていた。

なぜか。簡単だ。

本命の女性は、つねに恋人とは別のところにいたからだ。

交際をつづけるどんな女よりつきあいが長く、またどんな女より物理的に身近にもいた、特別な人。

姉である。

三歳違いの姉、麻乃《あさの》は、幼いころから慶太のあこがれの人だった。

まじめで清楚《せいそ》。寡黙ではあるが、豊饒《ほうじょう》な母性を小さな時分からいかんなく発揮し、慶太をいつでも盾になって守ってくれた。

そんな麻乃への依拠心が、血のつながった姉に対して抱いてはいけない思いまじりのものだと気づいたのは、いったいいつだったろう。

小さなときから聡明だった麻乃は、薬学系の大学を卒業し、大手薬品会社の研究員になると、関西地方某県で暮らすようになった。

里帰りをするたびさらに美しさが増す麻乃を見ることは、いつしか慶太のひそかな楽しみになった。

思うように会えない時間の長さが、確実に淫靡《いんび》なスパイスになった。

卵形の小顔に、これぞ大和撫子《やまとなでしこ》と言いたくなるような和風の美貌《びぼう》。すらりと通った鼻すじとキリッとした一重の目の組みあわせは、まさに雛人形《ひなにんぎょう》を見ているかのよう。

色白の小顔をいろどるのは、烏《からす》の濡れ羽色をしたストレートのロングヘア。背中にサラサラと流れる黒髪の美しさは比類がなく、この年になるまで、麻乃以上の黒髪の持ち主はひとりとして見たことがない。

しかもこの大和撫子は、美貌は奥ゆかしく楚々としているのに、肉体のほうは反則級のむちむちぶりだ。

今会話を交わしていた人妻の真奈ほどではないまでも、おっぱいもヒップもボリュームたっぷりに張りつめて、慶太をいつもそわそわとさせた。

彼にとって、ナンバーワンなのはつねに麻乃だった。

どんなに素敵な女性とつきあうことになっても、本気で夢中になれなかった。

だがそんな慶太の生活も、三年前にとつぜん終止符が打たれた。

三十三歳の若さにして、麻乃が急逝《きゅうせい》してしまったのだ。

研究室の友人たちと休暇で出かけた旅先で交通事故に遭い、命を落とした。

慶太たち家族は、人生が変わった。

失意に暮れた両親は中部地方N県の田舎に転居をし、新たな人生をスタートさせた。そこは母親の生地であり、娘を失ったショックから抜けだせない母親のために、父親が一念発起をして移住を決めた。

実家にひとりで暮らすようになった慶太も、心にぽっかりと穴が開いた。

二年ほどは、なにもする気になれなかった。なにかしなければと、前向きな気持ちになれたのは、麻乃の三回忌が終わってからだ。

神社や寺院を訪れるようになった。神仏のまえで手をあわせ、祈りを捧げることで心が落ちつく自分に気づいた。

いろいろな神社仏閣をまわるようになった。

関東圏の聖地だけでなく、関西や東北にも旅をした。

仏壇は両親が引越先に持っていってしまったが、もともと飾っていた麻乃の遺影に加え、買ってきた仏像や仏具をいっしょに置いて、自分の部屋で本格的に亡き姉の供養をするようにもなった。

神仏関係の知識が増えた。仏像や仏画にも興味をおぼえた。

そんなあるとき、地元にある老舗《しにせ》百貨店の催事スペースで、慶太は思いがけない催しと出会った。

女性仏画師、平野華羅《ひらのから》の仏画展。

会場に展示された豪華絢爛《ごうかけんらん》な仏画の数々に、慶太は目と心を奪われた。

仏画とはこれほどまでに美しいものだったのかと、カルチャーショックを受けたほどである。

平野華羅は御年《おんとし》七十二歳。

たまたま会場にいた老仏画師は気さくなおばあちゃんという感じで、向こうから慶太に声をかけてきた。聞けば老師は、この界隈《かいわい》では有名な古刹《こさつ》に招かれ、月に二度、日曜日を利用して書院二階の大広間で生徒たちの指導をしているという。

慶太は意を決して、教室の門をたたいた。

平野老師は「おや、来たね」と笑顔で慶太を迎えいれ、まずは基本となる筆遣いの習得のため、写仏からはじめなさいということになった。

それが、一カ月前のことだった。

教室として解放されているのは、古刹の書院二階にある大広間。かなり広々としたスペースで、毎回、十人前後の生徒たちが集まった。畳にはカーペットが敷かれ、椅子《いす》にかけたい人は椅子、座布団に座ってやりたい人はそのスタイルで、それぞれの高さのテーブルを使って絵を描いた。

腕前もキャリアも、まさに十人十色。

みんな、それぞれの作品と一心にとり組んでいたが、慶太から見れば一様に、誰もが舌を巻くほどの腕前だった。

これは大変なところに来てしまったと思ったものである。

だが、後悔をしてもあとの祭り。

老師の指導を受けながら、慶太も作業をはじめた。

見本となる下絵に薄美濃紙《うすみのがみ》ドーサ引きをかさね、セロテープで留める。ちなみにドーサとは、にじみ止めの液のことだ。

使うのは、線描用の小筆。薄美濃紙越しに透けて見える見本どおりに、丹念に仏さまを描いていく。

だが、言うはやすしとはまさにこのこと。緊張して手がふるえてしまい、均一な太さで線を描くことすら簡単にはできない。

細い線を描くことなど、夢の夢である。

――いいのよ、最初はみんなそう。

だが平野老師はそう言って、涙目になる慶太を励ましてくれた。

――とにかく悔しい、悔しいってさ、そう思いながら何枚も描くことでしか前に進めないの。必要なのは才能じゃない。根気。つづけるという強い意志。あと「仏画が好き」っていう気持ちかな。

老師はそう言って、がっくりとする慶太を勇気づけた。

そのおかげで、と言ってよいだろう。まだ三回目ではあるものの、慶太は少しずつながら、上達しはじめている自分を感じていた。

「……あ、先生」

目をあげると、先ほどまで真奈がいた場所に平野老師がいた。

小柄で華奢《きゃしゃ》な老婆。だがその眼光には、年に似合わぬ鋭いものがある。そのたたずまいは、まさに「職人」を感じさせた。

だが――。

「よくなってきた」

老師はいきなり、ニコッと微笑《ほほえ》んだ。

たとえるならば、陰から陽。

このギャップもまた、老師の不思議な魅力になっている。

「あ、ありがとうございます」

「一歩一歩。一歩一歩だから」

「はい」

恐縮して頭を下げると、老師は何度もうなずいて、別の生徒のところに移っていく。

(あっ)

少し離れたところで作業を再開させていた真奈と目があった。

真奈は「やったね」という感じで微笑む。

慶太はぺこりと頭を下げた。我がことのように喜んでくれている人妻は、やはり悪い人ではないようだ。

(ありがとう、真奈さん)

慶太は心で、真奈に礼を言った。

まさかそれから数時間後、彼女ととんでもないことになるとは夢にも思わずに。

2

「だ、大丈夫ですか、真奈さん」

「あはは、大丈夫、大丈夫。ひっく」

「おっとっと……」

ぜんぜん大丈夫ではないではないかと、とまどった。

飲んでいるときから、酒量を超えてはいないかと心配したが、案の定という感じである。

足下をふらつかせる人妻を、慶太はあわてて脇《わき》から支えた。

癒やし系の美貌を紅潮させた真奈は、それをいいことに思いきり体重を預けてくる。

「わわっ、真奈さん……」

「いやン、どうしよう。世界がぐるぐるまわってる。あはは……」

「し、しっかりしてください」

「あはははは。ああ、いい気持ち」

（わあっ）

真奈は陽気に笑い、慶太に腕をからめた。

恋人でもないのに大胆だなとも思うものの、こんなに酔ってしまっては、なにかに寄りかからないでは、たぶんまともに歩けない。

まいったなとため息をつきたくなりながら、慶太は真奈のしたいようにさせ、とにもかくにも駅へと急ぐ。

日はすでにとっぷりと暮れ、夜の街にはとりどりの明かりがきらめいていた。


仏画教室は、午前十時から夕方五時まで。

好きな時間に来て好きな時間に帰ることのできるシステムだが、今日は慶太も真奈も、最後まで残ってそれぞれの作品ととり組んだ。

真奈によれば、彼女が仏画をはじめたのは、半年ほど前のこと。

写仏の基礎訓練を終わり、いよいよ彩色の実践に入っていた。

本人は「遅いのよ、進歩が。きみならもっと早いと思う」と謙遜していたが、半年遅くはじめた慶太から見ると、真奈もまた雲の上の人だった。

それほどまでに、彼女が細筆で引く線は見事な美しさだ。

——ねえ、よかったらご飯でも食べていかない？　それとも、なにか予定あるかしら。

思いがけず、そう食事に誘ってくれたのは真奈だった。

教室のある古刹から、ＪＲのターミナル駅まではバスで十分ほど。

乗りあわせたバスの車内で雑談にふけるうち、慶太はそう誘われた。

特段、これと言って予定はない。人見知りな彼からしたら臆《おく》するものはたしかにあったが、断るのもなんだなと思い、承諾したのであった。

駅前繁華街はそれなりの規模で、入る店には困らなかった。

どうせならお近づきの印にと言われ、真奈が教室の生徒たちとたまに行くという居酒屋を利用することにした。

くだんのその店は駅から七、八分ほど。

駅前のメインストリートからはずれた路地裏の一角にあった。

この人妻が話し好きらしいことは、すでに教室での会話でわかっていたが、酒が入ると真奈の饒舌《じょうぜつ》ぶりには、さらに拍車がかかった。

仏画や老師の話題からはじまり、人妻の話はごく自然に、教室に集う生徒たちの噂話《うわさばなし》へと移った。

正直そのほとんどは、今まで名前もよく知らなかった人ばかり。

真奈のおかげで慶太は数時間のうちに、各人の顔と名前を一致させることができたばかりか、いろいろな個人情報を知ることができた。

ちなみに生徒の半分ほどは五十代や六十代、さらにはそれ以上の年代だった。

だがもう半分は、三十代、あるいは四十代。

男女比は、一対九で圧倒的に女性が多い。

真奈の話題にのぼるのは、やはり彼女と同世代の女性たちがほとんどだった。

生徒たちは、全員が毎回必ず来ているわけではなく、真奈によればこのところ、ちっとも姿を見せない友人もいるという。

真奈はまだ、慶太が会ったこともない生徒たちのことまで、頼んでもいないのにいろいろと話してくれた。

だが食事が進み、酒量が増せば増すほどに、真奈の話はいつしかそうした話から、自分の身の上話へと変わっていた。

聞けば御年、三十六歳。十年ほど前に夫と結婚したものの、ふたりの間に子供はなく、いつしかただいっしょに暮らす同居人のような関係になってしまっているのだと、真奈はなげいた。

――慶太くんは？　いるの、彼女。

気づけば真奈は慶太のことを「吉浦さん」ではなく「慶太くん」と呼ぶようになっていた。酔いのせいで潤みを増す色っぽい目で見つめられ、慶太はついドギマギした。

――いや、いません。

照れながら言うと、真奈はすぐに「だめよ、だめだめ」とかぶりをふった。

――恋をしなくっちゃ。なんのための若さなの。人間なんて、あっという間に年をとっちゃうんだから。恋もしないで、いったいなんのために生きているのよ。

そんな人生、寂しいと思う。

その言葉は慶太ではなく、自分に対して向けられているようにも思えたが、もちろん深くは追求しない。

夫とは恋愛結婚でいっしょになったようだが、いつしか真奈と伴侶《はんりよ》の関係は修復不可能なほど冷えきってしまっていた。

そんな毎日を、この人はこの人で悲しみとともにもてあましているのだなと、ぼんやりと慶太は思った。

頭の中に今夜もまた、せつなく亡き姉の笑顔をよみがえらせながら。

「慶太くん」

「えっ。あ、はい」

慶太はドキッとした。

居酒屋を出たふたりは、闇《やみ》の濃い裏通りを駅へと向かっていた。

あたりには彼ら以外、人の姿はない。慶太に腕をからみつけた人妻は、ぐいぐいと彼を揺さぶった。

「な、なんですか」

潤んだ両目で見あげられ、慶太は聞く。

真奈はとろんとした目で慶太を見あげ、媚《こ》びた調子で言った。

「私、酔っぱらっちゃった」

「えっ」

「酔っぱらっちゃったの」

声のトーンは、駄々っ子めいていた。

だがそんなことは、言われなくてもわかっている。

「は、はあ。えっと……平気ですか。電車、大丈夫かな……」

慶太は帰途の電車を気にした。

真奈の暮らす街は、慶太とは反対方向にある。つまり、乗る電車は別々だ。

だがひとりにさせるには心配なほど、今夜の真奈は飲みすぎていた。

「無理。帰れない」

すると、真奈はきっぱりと言った。

「真奈さん」

「無理。だって酔っぱらっちゃったんだもん。慶太くんが止めてくれないから、お酒いっぱい飲んじゃったもん」

「す、すみません……」

有無を言わせぬ勢いでガンガン飲んでいたくせに、人のせいにするかなとあきれたが、酔っぱらいにそんなことを言ってもしかたがない。

「それじゃ……」

慶太は本気で心配し、少しコーヒーでも飲みますかと言おうとした。だが真奈は、そんな慶太にみなまで言わせない。

「休みたい」

答えは一択だとばかりに断言した。

「ですよね。それじゃ……たとえば、駅前のカフェとか」

「いや。カフェ、だめ」

「えっ」

「そんなとこじゃいや」

慶太はきょとんと人妻を見た。

真奈の両目は、さらにねっとりと淫靡な光を放っている。

「真奈さん……」

「もっと」

真奈は慶太を揺さぶった。

「もっともっと……いっぱい休めるところがいいの」

3

「――わあっ。ちょ……真奈さん」

このなりゆきを、まったく予想していなかったと言えば嘘《うそ》になる。

だがそれでも、真奈の行動はやはり大胆だった。

「あぁン、慶太くん、内緒よ、みんなには……絶対内緒なんだから。んっ……」

「ちょっと……むんぅ……」

……ちゅっちゅ。ちゅぱ。ぢゅっ。

ラブホテルの一室に、互いの口を吸いあう生々しい音がひびく。

慶太は真奈に押し倒され、大きなベッドに仰向《あおむ》けになっていた。

積極的な人妻は慶太におおいかぶさり、彼に万歳をさせて、もの狂おしく唇をかさねる。

慶太は真奈の熱い鼻息と、密着する女体のほてりにドギマギしながら、強制的なキスに没頭させられた。

――もっともっと……いっぱい休めるところがいいの。

真奈にそう言われたときは、なにを言っているのか正直よくわからなかった。

だが彼女に手を引かれ、連れていかれた先にあったものを見て、そういうことだったのかとようやく合点がいった。

繁華街の端のほうで妖《あや》しいネオンサインを光らせるラブホテル街。ひるんだ慶太の手をぐいと引き、真奈はいちばん近くにあったホテルに飛びこんだ。

ラブホテルって、まさか……と思わなかったわけではない。年は真奈より下だが、こちらとてすでにいい大人である。だがそれは気のまわしすぎであり、真奈は本当に、ベッドに横になりたいだけという可能性もある。

慶太はうろたえながらも、真奈のしたいようにさせた。

ところが、チェックインして客室に入るや、やはり真奈は豹変《ひょうへん》した。

「真奈さん、まずいですよ、こんなことしちゃ……むんぅ……」

抵抗を封じられながら接吻《せっぷん》をされ、くぐもった声で慶太は真奈に言う。

「ハアァン、んっんっ……なにがまずいの。んっ……」

右へ左へと小顔をふり、夢中になってキスをしながら真奈は慶太に聞いた。

「だ、だって……」

「だってなによ。んっ……」

……ピチャピチャ。ちゅう、ちゅぱ。

「真奈さんには、旦那《だんな》さんが――」

「浮気しているの」

こみあげる感情を必死にこらえて口にした言葉にも聞こえた。

「えっ」

慶太は思わず熟女を見あげる。

「浮気してるの、あいつ」

慶太をまっすぐに見返して、なおも真奈は言った。

「真奈さん……」

慶太は人妻を見る。

居酒屋でも、彼女はここまでの告白はしなかった。真奈たち夫婦の関係が、思っていた以上に崩壊しかけているらしいことを知り、慶太は言葉を失う。

「寂しいよう、慶太くん」

「あっ……」

夫婦の秘密を告げたことで、押し殺していた感情がせきを切ったようになったのか。真奈は声をふるわせた。みるみる目から涙があふれ、ポタポタと慶太の顔をたたく。

「真奈さん」

「寂しいよう。寂しいよう。慶太くん、慰めてよう」

「わわっ」

真奈は慶太の手を動かし、自分の胸もとへと導いた。

……ぷにゅう。

(——っ。そんな)

五本の指が食いこんだそこは、得も言われぬやわらかさ。この年齢の女性の乳房とは、これほどまでにやわらかなものなのかと、ちょっとしたショックさえ慶太はおぼえる。

「揉《も》んで、ねえ、慶太くん」

「わわっ、真奈さん……」

心のうちを見すかされた気がした。真奈は慶太のもう一本の腕をとり、ふたつめのおっぱいにぷにゅりと押しつける。

(おおお……)

十本の指がたわわな豊乳に埋《うず》まる。服の上からではあるものの、慶太につかまれたおっぱいがいやらしくひしゃげ、ゆがんだ形を強調する。

「揉んで。揉みたくないの、慶太くぅん」

鼻にかかったその声は、明らかに挑発していた。

だがこれが、おそらく牡《おす》の本能か。そんな風に媚びられると、なにやら妖しい昂《たかぶ》りが臓腑《ぞうふ》の奥からせりあがってくる。

「くうぅ、真奈さん」

「揉んで。ねえ、好きにしていいのよ。お願い、女に恥をかかせ——」

「ああ、真奈さん」

「ハアアァン」

とろけるようなおっぱいに、ついに慶太は理性を失った。

「アァン、慶太くん……」

攻守ところを変えるかのように、今度は人妻を仰向けにさせる。

慶太は指を伸ばし、熟女の身体から着ているものを脱がせていく。

「はぁン、いやン、恥ずかしい。あン、そんな、いやいや、ああ、やめて……」

「はぁはぁ。はぁはぁはぁ」

この期に及んでなにが「やめて」だと抗議をしたい気持ちになった。めったに火などつかないのに、慶太に火をつけたのは、いやがって恥じらうこの人だ。

だがこれも、きっとプレイのうちなのだろう。いばれるほどの経験はないが、慶太はそう思う。

いや、そんなことより——。

「おおお、真奈さん……」

とうとう着ているものをむしり取り、下着姿にさせた。服の中から現れた完熟の女体に、慶太は息づまる思いになる。

むちむちと肉感的な熟女であった。ブラウスの胸もとを押しあげる大迫力のおっぱいや、スカートの臀部《でんぶ》を突っぱらせる見事なヒップに、これまで何度、目を奪われたかわからない。だが半裸にさせてみると、官能的なボディの艶《なま》めかしさは、はっきり言って想像していた以上である。

ごくっ――。

慶太はたまらず唾を飲み、眼下に投げだされた魅惑の肢体を凝視する。

色白な美肌が印象的な女性。だが肌の露出が増えたぶん、ただ白いだけでなくそこには妖艶《ようえん》さも加わっている。そのうえ興奮したせいで、きめ細やかな肌にはほんのりと薄桃色も混じっていた。

そんな肌とむちむちした熟れっぷりのとりあわせはなんとも言えない破壊力。この年ごろの女性ならではの、ムンムンと来るようなあだっぽさをアピールする。

（た、たまらない！）

ついさっきまで、困ったことになったととまどっていた慶太はどこへやら。完熟の女体を隠すブラジャーとパンティのセクシーさにも牡の情欲をそそられる。

真奈がつけていたのは、深いパープルの下着だった。おっぱいを包む下着にも、股間に食いこむ三角のそれにも、ヒラヒラとしたフリルがついている。

布面積は、どちらも小さかった。まるで最初から、誰かに見せるためにつけてきたような、男のための下着にも見える。

だがそれは、きっと思いすごしだろう。しかしもしも男のためだったとしたら、下着たちの務めは早くもそろそろ終わりである。

「おお、真奈さん」

「キャッハアァン」

慶太は鼻息荒く、熟女のブラジャーをずりあげた。

──ブルルンッ！

ブラジャーといっしょに、いったん上へとあがった乳が、下着とずれるなり勢いよく飛びだしてくる。

（くうぅ、すごい）

たゆんたゆんと重たげに、ふたつのおっぱいがゆっくりとはずんだ。想像をはるかにうわまわるそのいやらしさに、ますます息苦しい思いがつのる。

Hカップ、百センチはあろうかというおっぱいは、大きいだけでなく形も見事だ。完熟の小玉スイカがはずんでいるような迫力がある。

乳のいただきをいろどるのは、意外に可憐《かれん》な大きさの乳輪。そのぶん鎮座する乳首が、かえって大きなものに見える。

乳首も乳輪も、淡い鳶色《とびいろ》だ。

乳首はすでに勃起して、まんまるにしこり勃《た》っている。

「興奮します、真奈さん。ああ、もう俺」

「ヒハァアン」

慶太はあらためて、熟れに熟れた乳房を鷲《わし》づかみにした。

おおいかぶさり、もにゅもにゅとねちっこく揉みしだけば、やはりその手ざわりは、とろけるようなとしか言いようがない。

「ああ、やわらかいです、真奈さん」

……もにゅもにゅ。もにゅもにゅもにゅもにゅ。

「んっあああ。あン、慶太くんのエッチ。そんな風に揉まれたら。ヒイィン」

「エッチって……真奈さんみたいなきれいな人にこんな風に誘われたら、そりゃどうしたって……」

「ハァン。ねえ、真奈さんみたいななんだって？」

真奈はいきなり、そう聞いてくる。

すでに泣いてはいなかった。涙の流れたあとが、両目の端に認められる。

「えっ。だ、だから……真奈さんみたいなきれいな人――」

「んっああ。きれい？　ねえ、私、きれい？」

「は、はい。きれいです」

「もっと言って」

「はい？」

「もっと言って。言って、言って」

「き、きれいです」

「アッハアアァン」

慶太の言葉に、人妻はますます昂った。

熟れた身体をくなくなとよじらせて、甘えたように乳モミにこたえる。

それにしても、やはりこの乳房は揉み心地抜群だ。揉めば揉むほどマシュマロのようなやわらかさを増し、そのうえ指にも吸いついてくる。

（おかしくなりそうだ）

脳の芯《しん》がしびれるのを、慶太は感じた。

衝《つ》きあげられるような欲望のまま、片房にはぷんとむしゃぶりつく。

4

「うあああぁ。ハァン、慶太くん、慶太くぅん、ハアァァン」

「おおお、真奈さん、んっんっ……」

……ちゅうちゅう。ちゅう、ちゅぱ。

「ンッヒィン。もっと吸って。もっと乳首いっぱい舐《な》めて。もっともっとお」

乳を揉みながら乳首を吸いたてれば、真奈の反応はますます激しさを増した。

乳の先っぽにむしゃぶりつく慶太の頭を抱えこみ、自らぐいぐいとおっぱいに押しつけるような反応をする。

「んっぷぷぅ!? こ、こうですか、真奈さん。んっんっ……」

……ピチャピチャ、ねろん。ねろん。

「うあああ。あああああ」

慶太の責めには、乞《こ》われるがままごく自然に嗜虐《しぎゃく》的なものが増した。乳首を舐める舌の動きに、獰猛《どうもう》な激しさがにじみだす。

「ああ、やめて、慶太くん。そんなことしちゃいやああ。私は人妻。私は人妻なの。あああああ」

「真奈さん……」

そんな慶太の責めに、真奈の反応にもますますむせ返るような艶《つや》が乗る。どうやらやはり、年下の男にむりやりものにされる罪もない人妻でいきたいらしい。

(わかりましたよ)

文句のひとつも言おうと思えば言えないわけではないが、それは野暮というものだろう。真奈がそうしたプレイを望むなら、かなえてやるのが夕飯をおごってもらったものの務めである。

「ま、真奈さん……じゃなくて、奥さん」

慶太もまた、興が乗ってきた。

それどころか、気づけば自分の役割に嬉々《きき》としはじめてもいる。

「えっ、今、なんて……」

(さあ、やるぞ)

案の定、真奈は両目をキラキラと輝かせた。

慶太はおのれを奮い立たせる。

「ああ、奥さん……奥さん！」

「きゃあああ」

真奈の動きが止まった一瞬の隙《すき》をついた。

するすると女体を下降し、股《また》の間にしっかりと陣取る。

「ああン、いやン、いやン。だめぇ。ひゃあああ」

もっちりとした両足をすくいあげ、身もふたもないガニ股姿にさせた。真奈は恥じらってかぶりをふり、両足を暴れさせる。

（興奮する）

どこまでが演技で、どこまでがガチンコか、もうお互いにわからなかった。

だがそんな曖昧《あいまい》な部分にこそ、男と女の妙はあるのかもしれない。

「奥さん、したかった。こんなこと、したかった」

慶太は言うと、パンティのクロッチを脇にずらした。とうとう目にした究極の恥部に、唇をすぼめてふるいつく。

「ンッヒイイィ」

「ああ、奥さん、奥さん」

……ぶちゅぶちゅ。ぶちゅちゅ。ちゅちゅ。

「ヒイン。ヒイイィ」

慶太は怒濤《どとう》の勢いでクンニリングスをお見舞いした。

すでにほどよくとろけていた淫肉は、年下の男の責めに苦もなく喜悦し、ラビアをヒクヒクと開閉させる。

「あああ、だめぇ、やめて、慶太くん。私には夫が。そんなことしちゃいけないの。あっあっ。あっあっあっ」

……ピチャピチャ、れろれろれろ。

「あああああ」

ドアはしっかりと閉じていたが、それでも外まで聞こえてしまうのではないかと思うほどだ。真奈は慶太のクンニに、あられもない声でよがり泣く。

女という生き物が、こうした場では人が変わったようになることはそれなりに知っていた。だが、それにしてもこの人のよがりっぷりはただごとではない。

酒の席で仏画の崇高さや、神仏の偉大さを語っていた、先ほどまでの彼女はもうどこにもいない。

(ゾクゾクする)

暴れる女体を力任せに押さえつけ、慶太はなおも、卑猥《ひわい》な恥裂に舌の責めをお見舞いした。

真奈の女陰は、二枚のラビアが肉厚なのが印象的。縦に裂けたワレメは小さめで、粘膜はあでやかなローズピンクを見せつける。

陰裂の上に生える恥毛もまた、控えめな生えかただ。縦スジの真上に密集し、黒い縮れ毛を見せつける。

――ブチュッ。ニヂュ、ブチュッ。

「おお、真奈……お、奥さん……」

「あン、いやあ……」

ついに真奈の膣穴から、煮こまれた愛液が品のない音を立てて噴きだした。

もはやいくところまでいかないことには、今夜は終わらない。慶太は着ているものをすばやく脱ぎ捨て裸になる。

はいていたジーンズといっしょにボクサーパンツもずり下ろした。

――ブルンッ！

「まあ……」

すると中から飛びだした一物を見て、真奈が思わず息を呑《の》む。

天衝く尖塔《せんとう》さながらのペニスは、軽く十五、六センチはあった。そのうえただ長いだけでなく、胴まわりのワイルドさにも特徴がある。

その威容はたった今、土から掘り出したばかりのサツマイモのよう。ゴツゴツとした土くささを横溢《おういつ》させ、やる気満々の亀頭からは、よだれのようにカウパーを、早くもダラダラとあふれさせる。

特にこれと言って誇れるもののない慶太にとっては、もしかしたら唯一のひそかな自慢――それが、この巨根だった。

「あぁン、慶太くん……」

自分につづき、慶太のペニスに目を白黒させる人妻も全裸にむいた。

鎖骨のあたりにまつわりついていたブラジャーと、股間に食いこむパンティを引きちぎるようにむしり取る。

身体をかさねた。驚くほど熱い裸身は、じっとりと汗をかきはじめてもいる。

慶太はうずく肉棒を手にとった。ぬめるワレメのとば口に、ヌチュッと押しつける。

「アン、慶太く――」

「おおっ、奥さん！」

――ヌプッ！

「うあああ。慶太くん、慶太くウゥん」

――ヌプヌプヌプヌプッ！

「あっ、あああああっ」

「おおお、すごいヌルヌル！」

ついに慶太は、真奈とひとつになった。

熟女の膣は、奥の奥までたっぷりの蜜で潤んでいる。

そのうえ子宮へとつづく胎路は、驚くほど狭隘《きょうあい》だ。ヒクン、ヒクンと波打つ動きで、断続的にペニスをしぼりこむ。

(これはたまらない！)

へたをしたら、なにもしないのに射精してしまいそうだ。慶太は汗ばむ女体をかき抱き、急いで腰をしゃくりだした。

……ぐぢゅる。ぬぢゅる。

「うあああ。ハアァン、慶太くん、慶太くん、いけないわ、いけないわ。ああ、犯さないでェっ」

「はぁはぁ。奥さん、奥さんだってしたかったんでしょ。本当は、誰かにこんな風にされたかったんでしょ」

「知らない。知らない、知らない。ああ、犯されちゃってる。犯されてるンン。あなた、ごめんなさい。あなたあああ」

真奈たち夫婦のいきさつを知っていれば、演技過剰もいいところ。少なくとも、旦那に謝らなくてはいけない義理は、この人にはない。

だが、不思議に慶太は興奮した。

本当に真奈を犯してしまっているような、背徳的な気分にもなってくる。

はっきり言って、こんなセックスははじめてだ。ふと気づくと、これまで感じなかったような、奇妙な自信も湧《わ》いてくる。

「ねえ、いやらしいこと言って……」

（えっ）

すると、すかさず耳もとで真奈にささやかれた。顔を見ると、真奈はなにごともなかったように「あああああ」と獣の声をあげている。

（かなわないな）

苦笑しそうになりながら、慶太は思った。

「きゃあああ」

もっちりとした両足をすくいあげ、女体をふたつ折りにした。肉感的な両脚が、虚空にいやらしいV字を描いてユラユラと揺れる。

「とうとう俺のものにした。奥さんのマ×コを。奥さんのいやらしいヌルヌルマ×コを」

真奈の望みどおりに、慶太は言った。

「うあああ。そんなこと、言わないで。そんな下品なこと言われたら、あああ」

……バツン、バツン、バツン。

慶太は腰をしゃくる。荒々しく、文字どおり真奈を犯してやる。

「あああ。どうしよう、どうしよう。犯されてるのにおかしくなっちゃう。あなた、許して。こんな私を許して。あああああ」

思いきって口にした卑語が功を奏したようだ。真奈はますます昂って、開いた口から唾液を飛びちらせてよがり泣く。

「奥さんのオマ×コ、やっぱりいいなあ。ああ、奥さん」

慶太はさらに真奈を責めたてる。

……バツン、バツン、バツン。

「いやあ。そんなこと言わないで。どうして男の人って下品……あああ、あああああ」

「お、奥さん……？」

「感じちゃう。感じちゃう。もうだめ。だめだめ。あああああ」

「くぅ、奥さん！」

――パンパンパン！　パンパンパンパンパン！

どんなにやせ我慢をしようとしても、もはや限界だった。精嚢《せいのう》の中で精液がたぎり、爆発しないではいられなくなってくる。

そして最後の瞬間が近いことは、おそらく真奈も同様だ。

慶太は汗まみれの裸体をかき抱いた。

真奈の身体からは、さらに大粒の汗が噴きだしはじめている。

「うああ。あっあああ」

慶太はカクカクと腰をふり、亀頭を膣ヒダに擦《こす》りつけた。

最奥部で待ち受ける餅《もち》のような子宮にも、ズンズンと鈴口の杵《きね》をえぐりこむ。

――グチョグチョグチョ！　ヌチョヌチョヌチョ！

「あああああ。気持ちいい。気持ちいい。慶太くん、気持ちいいよう。ああ」

「はぁはぁ……真奈さん……」

もはや演技をする余裕もなくなったか。真奈は慶太を激しい勢いで抱き返し、いっしょになって腰をしゃくる。

「ハアァン……はぁはぁ……っ」

慶太は人妻の両脚を解放した。

すると真奈はますますカクカクと腰をしゃくり、媚肉を亀頭に擦りつけてくる。

(おおお……っ)

淫肉の凸凹とカリ首が擦れるたび、甘酸っぱい快美感が火花のようにひらめいた。

ひと抜きごと、ひと挿しごとに射精衝動が膨張し、爆発はもはや時間の問題だ。

(もうだめだ！)

慶太はさらに強く、汗まみれの真奈を抱きしめ、腰をふった。

精嚢の肉門扉が荒々しく開き、濁流と化したザーメンがペニスの芯を上昇する。

「うああ。イッちゃう。もうイッちゃう。気持ちいいの。あああ。あああああ」

「真奈さん、出る……」

「ハアァアン。イッちゃう。イッちゃうイッちゃうイッちゃう。あっ、ああああっ!!」

──どぴゅどぴゅどぴゅ！　びゅるる！

（最高だ……）

ついに慶太はオルガスムスに突きぬけた。

脳髄を白濁させ、全身が陰茎になったような快さに溺《おぼ》れきる。

三回、四回、五回──男根がドクン、ドクンと雄々しく脈打ち、そのたび大量の精液を膣奥に注ぎこむ。

なんという気持ちよさ。なんという爽快感《そうかいかん》。

こんな気持ちのいい射精、もしかして生まれてはじめてではあるまいか。

「はうう……あっ、あああ……」

「──っ。真奈さん……」

慶太はようやく、真奈に意識を向けた。

どうやらいっしょに達したらしい。

慶太の肉棒を膣奥深くまで受けいれた人妻は、ビクン、ビクンと裸身をふるわせ、アクメの悦《よろこ》びに打ちふるえる。

「あァン……入ってくる……慶太くんの……精液……いっぱい、いっぱい……」

「うう……」

今ごろ言っても遅いが、中出しなんてしてしまってよかったのかと青ざめる思いがした。だがそのことを、真奈がとがめる様子は微塵《みじん》もない。

欲求不満が、そうとうたまっていたのかもしれなかった。真奈はいつまでも幸せそうに痙攣《けいれん》し、潤んだ両目をユラユラと虚空に揺らめかせた。


「えっ。今、なんて……」

慶太が真奈に聞いたのは、それからしばらくしてのことだ。

乱れた息をととのえながら、ベッドで抱きしめあっていた。そんななか、いきなり真奈が頼みごとをしてきたのだ。

「だから、今言ったとおり」

真奈は艶めかしく濡れた目で、なおもねっとりと慶太を見てもう一度言った。

「調べてほしいの。あいつの浮気相手がどんな女なのか」

「真奈さん……」

「断れないわよね、慶太くん。中にまで射精させてあげたもん、私」

「あああ……」

そういうことだったのかと、今さらのように合点がいった。つまり今夜は最初から、その頼みごとが究極の目的だったのだ。

「お願い。調べて、慶太くん」

真奈は慶太を抱きしめ、またもかわいい駄々っ子になった。弱ったなと思いながら、慶太は真奈を見る。人妻の両目が妖しく光った。

「その女……絶対、ただじゃおかないんだから」

第二章　豊艶な未亡人

1

それにしても人生とは、どこでどう転がるかわからない。

まさか自分がことをするだなんて思いもしなかった。

それなのに今、慶太は明らかに場違いとしか言いようのない、豪奢なシティホテルの一階ラウンジにいた。

抜けるような青空が広がる、気持ちのいい休日。開放的な一面のガラス壁の向こうには、人工的に作られた滝が高いところから落ちてくる。

まだ午前中だからなのか。ラウンジの客は、ポツリ、ポツリという感じ。

慶太が気づかれないよう、ずっと目で追っているのはひとりの男性だ。

都築修平《しゅうへい》、三十八歳。ひょんなことから一夜をともにしてしまった欲求不満の熟女妻、真奈の夫である。

——調べてほしいの。あいつの浮気相手が、どんな女なのか。

熱い情事を交わし、乱れた息をしずめながら抱きあっていると、いきなり慶太はそう依頼された。

酔った勢いで、軽い気持ちで連れこまれたラブホテルだと思っていた。だが真奈の口からその言葉を聞いて、ようやく慶太は得心した。最初からこの人は、このことを頼みたくて近づいてきたのだと。

慶太が神仏に惹《ひ》かれるようになったのは、三歳違いの姉、麻乃を三年前に事故で失ったのがきっかけだった。

幼いころから淡い想いを抱きつづけた最愛の女性。

血がつながっているというのに、せつない想いをどうすることもできなかった。

そんな麻乃を失い、心の彷徨《ほうこう》をするようになった日々の果てに、慶太は平野華羅の仏画と出会った。

そして教室に通うようになり、生徒仲間である真奈と酒席をともにしたことから、探偵のまねごとのような調査を引きうけざるをえなくなったのだ。

(それにしても、けっこういい男なんだな、真奈さんの旦那さん)

少し離れた席に座る修平を盗み見て、慶太は思った。すらりと細身で背が高い。同性の慶太が見ても、恵まれた容姿だった。足が長く、顔立ちもととのっている。

その気になれば、女には不自由しないのではないかと、つい思う。

(でも、その気になっちゃいけないんだけどさ)

夫の浮気に悩まされ、せつない日々を送る真奈を思いだし、慶太は胸を痛めた。

これまでも、怪しいことはじつは何度もあったと真奈は言う。だが今度の浮気は、どこか今までのそれとは違うと彼女は感じていた。

――なんて言うのかな。女の勘？　もしかしたら遊びじゃないんじゃないかなんて、つい思っちゃう自分がいて。

夫に関する情報をあれこれとレクチャーしながら、真奈はそんなことまで口にした。

このごろなにか変だと強く思うようになったのは、ここ数カ月のこと。修平は明らかにそわそわし、心ここにあらずという感じになっていた。そんな夫に見て見ぬふりができなくなって、ついに真奈も行動に出たということらしい。

その結果、こうして慶太は修平とともにここにいる。

休日の朝。真奈の自宅近くまで出かけた彼は、家から出てきた修平を尾行した。

――車は私が使うことになっているから、電車で行動すると思うの。だからあいつのあとをつけて、どんな女と会っているのか調べてくれない？　ねえ、お願いだから……。

駄々っ子のように、色っぽく眉《まゆ》を八の字にして懇願してきた人妻の顔が、鮮明に脳裏によみがえる。

「…………」

慶太はスマートフォンを見ているふりをしつつ、ひそかに修平に携帯電話を向け、何枚も写真を撮っていた。

もちろん、シャッター音のしないアプリを使っている。

自宅を出た真奈の夫は最寄り駅まで行くと、電車に乗って二十分ほどの距離にあるターミナル駅まで移動した。慶太が真奈とムフフなひとときをすごした繁華街のある駅とは反対方向。これまた大きな街である。

どうやら修平は、このホテルで浮気相手と待ちあわせのようだ。絶対に女と会うはずだからという真奈の見たてが間違っていないとするならば。

（そろそろかな）

たしかめると、午前十一時まであともう少しという時間。そわそわする修平の様子から、待ちあわせ時間が近づいていると慶太は察した。

心臓がいつになく強くはずみだす。慶太はさりげない顔つきを意識して、スマホに集中するふりをした。

(――来た)

動きがあった。修平が破顔し、ラウンジの入口のほうに手をあげる。

相手がやってきたようだ。そちらをふり返りたい気持ちを抑え、女が視界に入ってくるのを慶太は待った。

「すみません、お待たせしましたか」

女の声が聞こえた。

「いえいえ、私も今来たばかりです。どうぞ、どうぞ」

修平は大げさに手をふり、ひとりきりのときに見せていたぶすっとした顔つきとは百八十度違う満面の笑顔で女に言った。

「失礼します」

女が慶太の視界に入る。恐縮したように言うと上品に頭を下げ、女は修平の対面の椅子に腰を下ろした。

(……えっ)

慶太は女に目をやった。ほんの短時間、チラ見をするだけのつもりだった。ところが彼の目は、フリーズしたように女に止まる。

（……うそ）

目にしているものが信じられなかった。

幻影ではないのか。ようやく気づいた慶太は女から視線をそらし、落ちつけ、落ちつけと言い聞かせながら、何度も指でまぶたをなぞる。

「……？」

もう一度、さりげなく女を見た。

（――っ。マジ!?）

愕然《がくぜん》と、慶太は女を見た。

修平と緊張した様子で言葉を交わし、ときおり笑顔を見せるその女は――。

（ね……姉さん）

三年前に急逝した姉の麻乃と瓜《うり》ふたつだった。

2

「どういう冗談だよ、これって」

地に足がつかなくなるというのは、こういうことを言うのだろう。

その女を見てから、もう三時間ぐらいはゆうに経《た》つ。それなのに、慶太はまだなお、ドキドキと心臓を打ち鳴らしつづけた。

何度女を見ても同じことしか思えない。

似ている。とても似ているのだ。

もちろん、他人のそら似には違いない。

だが世の中には、ここまでそっくりな他人がいるのだという事実に、慶太は正直呆然《ぼうぜん》とした。

しかも、亡き姉とよく似ているのは姿形だけではない。ちょっとしたしぐさや、修平への反応のしかた、ときどきかすかに耳にとどく話しかたなどにも、ありし日の姉を彷彿《ほうふつ》とさせるものがある。

この女が、修平の浮気相手だというのか。この女が、ずっと真奈を苦しめている張本人なのか。

――その女……絶対、ただじゃおかないんだから。

憎しみをこめた顔つきで、真奈は慶太にそう宣言した。

このあと予想される修羅場の一方の主役が、いとしい姉にそっくりな女だなんてと思うと、なんとも複雑な気持ちになる。

「…………」

慶太はじっと、遠目に女を見た。

今、慶太と修平たちカップルは、シティホテル近くの大きな市民公園にいた。

あれからラウンジでお茶をすると、修平たちふたりはそこを出て、ホテル上階のフランス料理店で食事をした。

慶太はあらかじめ用意しておいたあんパンと缶コーヒーで空腹を満たし、修平たちが出てくるのを待ちつづけた。

そのまま客室にチェックインをするつもりならそこまでの話。

だが幸運にも、ふたりはホテルをあとにして、ぶらぶらと散策をしたうえ、市民公園へと入ったのである。

公園は広々とした造りで「く」の字のような形をした大きな池を中心に、遊歩道やアスレチックコーナー、広大な芝の広場などが整備されている。

しばらくの間、ふたりは自動販売機で買ったペットボトルのお茶を手に、ベンチに並んで話をしていた。

フランス料理店でワインでも飲んだのだろう。修平は昼食を食べる前にくらべると明らかにテンションが高く、口数も多く、陽気さが増していた。

だが一方の女は先刻までとまったく変わらず、緊張した様子で修平に調子をあわせているように見える。そして今、ふたりはベンチを立ち、園内をぶらぶらと歩きはじめたところだった。

慶太はときおりこっそりと隠し撮りをしながら、そんな彼らを影のように尾行する。どういう冗談だよ、これってと、何度も同じ言葉をつぶやきながら。

修平と並んで歩く女は、年のころ、三十代半ばほど。亡き姉と生き写しの小顔は、楚々とした和風の美貌が印象的で、古きよき時代の大和撫子を思わせる。

だがそれは美貌だけの話で、首から下のボディラインには、西洋美女のダイナミックさに負けていない息づまるような魔性があった。信じられないことに、この女はそんな肉感的な肢体まで亡き姉、麻乃を彷彿とさせる。

身につけているのは、花柄のワンピース。そこに上着をかさね、品のいい歩きかたで遊歩道を歩いていく。

ハイヒールが立てるコツコツという音が、艶めかしく午後の公園にひびく。ストレートの黒髪が、背中のあたりでサラサラと毛先を踊らせた。髪型や、髪の長さまで麻乃とほとんど同じであることに、慶太は不思議な思いがする。

本当に姉が帰ってきてくれた——そんな錯覚に、もう何度かられたかわからなかった。

「あっ……」

動きがあった。

まったりと遊歩道を歩いていた修平が、とつぜん女の手を引っぱり、道をはずれる。女は意外そうにしたものの、足もとをもつれさせ、あとにしたがった。

ふたりが入っていったのは、広大な公園内のそこここにある鬱蒼《うっそう》とした森林だ。

「……あんなところに、なにがあるんだ」

慶太は眉をひそめる。

ふたりの姿が消えたのをたしかめると、猛然とダッシュした。

休日の午後ではあるものの、園内は閑散としていて、あたりを見ても人影はない。慶太は足音を立てないよう気をつけ、ふたりにつづいて森に入った。森の地面は舗装されておらず、一歩足を踏みいれると、たちまち周囲の雰囲気が変わる。

(どこに行った)

そろそろと、奥へと木立を進んだ。すんだ青空が気持ちのいい陽気なのに、森に入ると気温が下がり、鬱蒼と生い茂る枝葉のせいで日の光もさえぎられる。

いきなり薄暗さが増した。いくらかじめっと湿った感じもする。静謐《せいいつ》さを感じさせる森は、文字どおりしんと静まり返っていた。

「や、やめてください……」

(えっ)

すると、少し離れたところからとまどった声がした。

おそらく修平の連れの女だ。

「そんなこと言わないで。ねえ、俺の気持ち、もうわかってるでしょ」

「そんな……ああ、だめです、都築さん。だめ。ムンゥ……」

(お、おい。おいおいおい)

なるほど、そういうつもりでこんなところに女を連れこんだのかと、ようやく合点がいった。

おそらくは酔った勢いではあろうものの、ずいぶん大胆だなと少しあきれる。

酒の勢いでとんでもないことをするのは、夫婦共通の文化だったか。

(どこだ)

音のするほうに、気配を殺して慶太は進んだ。

——ポキッ!

(げっ)

だが、枯れ枝を踏んで大きな音を立ててしまう。あわてて動きを止めた。

「……っ!?」

「あぁン、だめです、お願い、むんぅ……」

「あ、愛してる。ねえ、わかるでしょ、愛してるんだ。んっんっ……」

「むぅ、そんな……困る……んっんっ……」

(気づかれなかった)

背すじにぶわりと冷や汗が噴きだす。

ふたりのやりとりを聞くかぎり、幸運にも耳にとどかなかったようだ。

(慎重に、慎重に)

慶太はあらためて息を殺す。抜き足差し足で、さらに修平たちに近づいた。

「あアン、だめぇ……」

(……えっ。あっ!)

3

「んっんっ、だめ、都築さん、だめです、こんなこと、しちゃ……ンンムゥ」

「そ、そんなこと言ったって、あなたがあまりに魅力的で……んっんっ……」

……ピチャピチャ、ちゅう、ちゅぱ。

「いやあぁ、ンムゥン……」

(これは……)

心臓がひときわ激しくバクンと鳴った。

木々たちが、なんとか慶太の姿を隠してくれてはいる。だがすぐそこで、大人の男女がいやらしいことをしているのだから、慶太がドキドキしてしまうのも無理はない。しかも、どうやら様子をうかがうかぎり、積極的なのは修平のみ。

女のほうはまちがいなく、この展開に狼狽《ろうばい》している。

「や、やめて、都築さん……むんぅ、都築さんには大事な人が――」

「あいつのこと、言わないでください。ああ、律子《りつこ》さん」

「ムンゥ、ああ、いやぁ……」

どうやら女は、律子というようだ。

大きな木の幹に背中を押しつけられ、拘束されていた。右へ左へとかぶりをふり、修平の求めにとまどっていることを強く訴える。

しかし、修平はおかまいなしだ。そんな女――律子の小顔を強引に自分に向けさせ、ふるいつくように肉厚の唇に口を押しつける。

「ンンゥ、ああ、だめ、やめて……きゃあああ」

(うおおっ。今度はおっぱいまで)

発情を露《あらわ》にした真奈の夫は、もはやブレーキがきかなかった。

グイグイと、鼻息も荒くおのが口を律子の朱唇に押しつける。そうしながら片手を伸ばし、女の乳房を許しも得ず、鷲づかみにする。

「都築さん!? やめてください……ああ、お願い……」

「おお、やわらかい……はぁはぁ……律子さん、許してください。でも俺……もうあなたのことしか考えられなくて……」

「きゃっ」

……もにゅもにゅ。もにゅもにゅもにゅ。

「アァン、いや。揉まないで。揉んじゃだめ……都築さん……あっあっ……」

「はぁはぁ……おお、たまらない。なんてやわらかいんだ。しかも……やっぱり大きい。最高です、律子さん」

「ああ……」

乳房を揉みだしたことで、修平の欲情はさらに増したようだ。

律子の口を吸う動きにも、さらにもの狂おしい激情が加わる。

「律子さん……」

……ぢゅちゅっ。

「んんっ。ンンムゥン」

「はぁはぁ。はぁはぁはぁ。んっんっ」

「ンムゥ、いやあ……」

しかしなにより熱烈なのは、乳をまさぐる指遣いだ。

律子は乳房の量感もまた、ありし日の姉を思わせた。

おそらくGカップ、九十五センチぐらいは軽くある、豊満な乳房。ワンピースの布越しでもその大きさと迫力は圧巻で、小玉スイカを彷彿とさせる。

今、そんな圧倒的なふくらみに、浅黒い修平の指が我が物顔で食いこんでいる。

強く力を入れて揉むせいで、指と指の間から、ひしゃげた乳肉がワンピースを押しあげてくびりだされる。

なんともねちっこい揉みかただ。上から下へと何度もねちっこくせりあげて、乳の形を無限に変える。そのうえ指をワイパーのように動かし、乳首のあたりを執拗《しつよう》に、スリッ、スリッと何度も擦る。

「ハァン……あっ、だめ、それは……あン、キャン……ハァアン……」

こんな風にされるのは、決して本意ではないはずだ。本気であらがうその反応を見れば、熟女がいやがっているのは疑いようもない。

それなのに、乳を揉まれ、乳首をしつこくあやされると、律子の喉からは意志とは裏腹な色っぽい声がこぼれだす。

けっこう敏感な体質なのか、修平が乳首を擦るたび、強い電気でも流されたかのように、ビクン、ビクンとむちむちした身体をふるわせる。

「だめぇぇ……」

「感じるんですね、律子さん。こんなきれいな顔をして……はぁはぁ……けっこう敏感な人だったんだ」

修平にとっても、こうした反応はいささか意外だったようだ。思いがけないギフトにますます嬉々としたようになり、血走った両目を輝かせ、下品な欲望をむきだしにして律子を見る。

「そ、そんな……違います……あっあっ……私、決してそんな……」

「我慢しなくてもいいじゃないですか。旦那さんを亡くされてから、どうやって性欲を発散させてきたんですか」

なくなりつつあった。

「えっ……」

卑猥な本能が高まるとともに、修平からは紳士としてのつつしみやたしなみが

「な、なにを言っているんですか」

思いがけない問いを投げかけられ、未亡人らしき女の表情に、はじめて怒りらしきものが生まれる。だが、それも長くはつづかなかった。

「ああ、律子さん」

「きゃあああ」

血気にはやった修平は律子の白い首すじにむしゃぶりついた。たっぷりの唾液を武器にしてブチュッと吸いつけば、亡き姉とよく似た女は我を忘れ、あられもない声をあげる。

（おお……す、すごい……）

その声には、男を悩乱させる強烈な魔性があった。慶太は不覚にも、ピクンとペニスをうずかせた。勃起などしている場合ではまったくないのに、律子の艶めかしさに当てられて、肉棒がムクムクと痛いほどに張りつめだす。

「や、やっぱり敏感じゃないですか、律子さん」

修平は鬼の首でもとったかのように、さらに色めきたった。

「ち、違う……違います、これは——」

「ほんとはあなただって、エッチがしたいんでしょ。ずっと、我慢してきたんでしょ。うそつかないで。んっ……」

……チュッ。

「うあああ。ンムゥ……」

ふたたびうなじに接吻をされ、未亡人の喉からあられもない声が漏れた。

そのいやらしい声に、もっともとまどったのは本人かもしれない。あわてて片手を口にやり、ギュッと目を閉じ、いやいやとせつなげにかぶりをふる。

「ほらね、無理しないで、律子さん。ああ、俺もう我慢できません！」

「きゃっ。あ、なにをするんですか。いや。いやいや。あああ……」

律子を求める修平の行為は、さらに大胆さを増した。

いくらあまり人の来ない森の奥とは言え、昼日中もいいところ。しかも現実問題、慶太のようにその一部始終をこっそり出歯亀している者もいる。

不用心もはなはだしい。それなのに、もはや修平からは完全に理性が失われていた。律子の背中に手をまわすや、ワンピースのファスナーを強引に下ろす。

力をなくしたその布を肩からずるりと力ずくで脱がす。

4

「きゃあああ」

(うおおおおっ!)

慶太は声を出しそうになった。

ワンピースの中から現れたのは、不意をつかれる色白の美肌。しかもほどよいあんばいのむっちり加減が、透きとおるような色の白さをさらに何倍増しにも魅力的にする。

まる出しにされたおっぱいの迫力もすごかった。小玉スイカのようという形容は、やはりだてではない。ボリュームたっぷりに盛りあがる大迫力の乳房を、純白のブラジャーが窮屈そうに締めつけている。

生地はシルクだろうか。とても高価のようにも思えた。セクシーなフリルがブラカップの上下をいろどり、大人の女性らしいエレガントさとともに、官能美とでも言いたくなるあだっぽさも付与している。

「くうぅ、だめだ、もう俺ほんとに……ああ、律子さん！」

訴えるように言う修平の声は、無様にふるえてうわずった。

「いや。いやいやぃやっ」

律子は恥じらい、胸の前で両手をクロスさせ、身をよじろうとする。

しかし、修平は許さない。荒々しい手つきで熟女の白い腕を左右に払った。ブラカップの下の部分に指をかけるや、有無を言わせぬ横暴さで、ずるりと鎖骨までブラジャーを引きあげる。

「あああああ」

――ブルルルンッ！

（うわあっ……）

とうとうGカップおっぱいが、修平と慶太の前に露出した。

慶太は口に手を当てて、信じられない絶景に理性をしびれさせる。

ブラカップといっしょに持ちあがった乳房が、カップからはずれてもとの位置に戻った。しかしそれだけでは終わらず、たわわな乳はたっぷたっぷと、いかにも重たげに房をはずませる。

（ああ、エロいおっぱい）

片手を口に当てたまま、慶太は目を見ひらいた。おもしろいほど揺れおどるまんまるな乳房は、思いがけない淫靡な先端部を持っている。

(これは……デカ乳輪!)

そう。未亡人の巨乳の頂をいろどっていたのは、楚々とした美貌からは想像もしなかった、これまた大迫力の大きな乳輪だ。

直径は、三センチから四センチぐらいはあるのではないだろうか。しかも、目をむく大きさのデカ乳輪は、ただ大きいだけでなく色合いにも感嘆させられる。

たとえるなら、今が盛りと咲きほこる満開の桜の花のような色調。はかなさとセクシーさが同居した、ほれぼれするような薄いピンクを見せつける。

かてて加えて言うならば、そんな大きな乳輪が、白い乳肌から鏡餅のように盛りあがっていた。サクランボを思わせる大ぶりな乳首が乳輪の中央に鎮座して、勃起しかけた肉実を、おっぱいといっしょにふるわせる。

「おおお、律子さん」

「アッ、アァン」

修平は、露になった未亡人の乳をあらためて両手で鷲《わし》づかみにした。みじめなまでに、いびつにひしゃげさせることこそが征服の証《あかし》だとでも考えているかのよう。やわらかそうな肉房を、滑稽《こっけい》なまでに変形させて何度も揉む。

……もにゅもにゅ。もにゅもにゅ、もにゅ。

「あっあっ……いや、やめて……どうしてこんなこと……あっあっ……」

律子の小顔は、すでに真っ赤に染まっていた。美しい黒髪がふり乱され、額や頬《ほお》にべったりと貼《は》りつく。もしかしたら、いくらか汗ばんできたのかもしれない。

「ど、どうしてって……決まってるでしょ」

一方の修平は、なにを今さらという感じである。せつなげに律子をじっと見つめ、小刻みに口をふるわせる。

「律子さんが、あまりに魅力的だからでしょう。それ以外に、どんな理由があるって言うんですか」

……ちゅう。

「んあああ。ムブゥ……」

ついに修平は、未亡人の乳首にむしゃぶりついた。

腹を空《す》かせた赤子のように乳芽の突起に吸いつくや、矢も盾もたまらないという感じで、品のない音を立てて乳を吸う。

……ちゅうちゅう、ブチュ！

「あっあっ……ああ、そんな。ンムゥ、ンッブブゥ……」

やはりこの人の肉体は、そうとうな感度なのだろうと慶太は思う。それを証拠に乳を吸われるたび、電気でも流されたかのようにその身をふるわせる。しかも、そんな自分に恥じらっているかのように、さらに激しくかぶりをふる。ギュッと目を閉じ、片手を口に押しあてて、長い黒髪をふり乱す。

「おお、律子さん、んっんっ……こ、興奮する。くぅ、こっちの乳首も……っ」

「んあ……ンッムゥンン……」

グニグニと豊満な乳房を心のおもむくままに揉みしだきながら、修平は右の乳首かと思えば左の乳首、ふたたび右へ、また左へと、舐めしゃぶる乳芽を執拗に変えて熟女を責めたてた。

「いや、いやあ。ハァアン……」

律子のふたつの乳首と乳輪は、修平の唾液であっという間にドロドロにぬめって光りだす。未亡人は必死に口を押さえ、いやらしい声を漏らすまいと必死である。

清楚な美貌をさらに朱色に染めた。今にも泣きそうな顔つきで、ウルウルと両目を潤ませる。

（乳首……メチャメチャ勃起してる）

未亡人のふたつの乳首は、いつの間にかビンビンにおっ勃っていた。まんまるな肉実を痛いのではないかと思うほど張りつめさせ、遠くから盗み見る慶太まで、自分も舐めてみたいなどと、よこしまな気持ちにさせられる。

「んんっ……ああ、いや……だめ、やめてぇっ……もう、これ以上は──」

「おおお、律子さん！」

「きゃあああ」

修平はさらなる行為に出た。片手を口にやって必死に耐える未亡人をいきなりくるりと反転させる。

バランスをくずしかけた律子は、あわてて木の幹に両手をついた。

修平はそんな熟女の腰をつかむと、ぐいっと自分に引きよせる。もっちりした女体を持つ熟女は、バックに思いきりヒップを突きだす格好になった。

5

「ヒイィ。だめ……都築さん、だめだめだめだめ。あああ」

律子はいやがり、何度も腰を引こうとする。しかし、そのたび修平にもとに戻され、ワンピースに包まれた豊艶なヒップを彼の眼前につきだし直す。

「そんなこと言わないで、律子さん。もう俺、我慢できません」

「いやあああ」

(うおおおおっ！)

修平は言うと、ワンピースのすそをつかみ、腰の上までたくしあげた。

おっぱいにつづいてまるだしにされたのは、目にするだけでペニスがうずく、むちむちと艶めかしい熟女の下半身だ。

律子という女のふるまいが、どこまでも楚々として上品なぶん、そんな気質と卑猥な肉体のギャップがさらに激しく感じられる。露になった下半身は、男を息づまる気分にさせる蠱惑的な妖艶さをアピールする。

けおされるほどの尻の大きさは、反則級のいやらしさ。圧倒的とも言えるまるいふくらみに、純白のパンティが窮屈そうに吸いついている。ふたつの臀丘は、バレーボールを並べた眺めにも見えた。やわらかそうな尻肉にパンティの生地がギチギチに食いこみ、肉をくびりだしているのもなんとも猥褻《わいせつ》だ。

(それに……あの太もも！)

ついうっとりと、大迫力の尻に視線を釘《くぎ》づけにした慶太は、熟女の太ももにも見とれてしまう。

きめ細やかな白い美肌の内側に、熟れた肉と脂肪をたっぷりと内包した太ももは、これまた圧巻のボリューム。フルフルと、慶太をからかうかのようにさざ波を立て、ふるえる眺めにはあらがいがたいエロスが感じられる。

いやがって暴れるそのたびに、ふくらはぎの筋肉がキュッと締まって盛りあがった。むきだしの土に食いこんだり離れたりをくり返すハイヒールのかかとにも、妙に男を昂らせるものがある。

「くうう、律子さん、たまらない……ああ、たまらない！」

「あああああ」

修平はうわずった声をふるわせると、律子の背後に膝立《ひざだ》ちになった。

おっぱいでも揉むように、ふたつのヒップを鷲づかみにする。パンティといっしょにグニグニと、ねちっこい手つきでしつこくまさぐる。

「あっあっ……アァン、やめてください……ほんとにいやです、都築さん」

そんな修平の責めを、律子は本気でいやがった。右へ左へと尻をふり、揉まないでという意志をはっきりと訴える。

「そんなこと言わないで……ねえ、律子さん。ホテルがいいですか。やっぱりこんなところより、ホテルのほうが落ちつきますか」

「えっ、ええっ。いやです。ホテルなんて、行きません……っ」

修平の問いかけに、未亡人は清楚な美貌を引きつらせた。

「じゃあ、こんなところでもいいですか。じつは俺も、もうホテルまで移動する余裕なんてなくて」

「きゃあああ」

修平は小さなパンティに指をかけ、ズルリと脱がせようとした。

律子は嫌悪を露にした悲鳴をあげ、あわてて尻をふってまたしても腰を引く。

「いやです……そういう意味で言っているんじゃ――」

「そんなこと言わないで。ねえ、わかってるでしょ、俺の気持ち！　だから、デートの誘いに乗ってくれたんじゃないんですか」

「わ、私そういうつもりは……ヒイィン」

暴れる未亡人に焦《じ》れたように、修平は立ちあがって背後から抱きすくめる。

うしろから手をまわして乳房を鷲づかみにし、またしてももにゅもにゅと、いやらしい手つきでせりあげ、揉みこね、乳首をあやす。

「いやあ……あっあっ……だめ……もういや……都築さん、い、いい加減にしないと」

「じゃあ……せめてしゃぶってください！」

「……ええっ⁉　きゃっ」

もはや、律子の意志など完全におかまいなしだ。

修平は未亡人を独楽《こま》のようにまわし、自分に向けさせる。ふらつく熟女の肩を押し、むりやりその場に膝立ちにさせた。

「都築さん⁉」

「ねっ、今日のところはそれで我慢しますから。お願いです、律子さん。でないと俺、ほんとに犯しちゃいそうで……」

「ちょ、ちょっと……⁉　あああ……」

うろたえる律子の眼前で、修平はスラックスのベルトをゆるめた。

いやしい欲望をまる出しにしたその顔は、赤黒く充血している。はぁはぁと乱れた息をまきちらしつつ、下着ごと、ズルリとスラックスを膝まで下ろす。

——ブルンッ！

「ヒイィ。いやあ……」

目の前に飛びだした修平の一物から、律子は顔をそむけた。

ビンビンに勃起した修平のペニスは、慶太ほどではないまでも、それなりの長さとたくましさ。生殖への渇望を露にし、どす黒い肉幹を張りつめて、亀頭を天に向けている。

「律子さん、お願い、しゃぶって。今日はそれで我慢するから」

「えっ。えっ、えっ。ちょ……いや……都築さん……」

修平は律子の前にペニスを突きだすと、強制的にフェラチオを求めた。

背中を大樹に押しつけられた未亡人は、目と鼻の距離に仁王立ちされ、逃げ場をふさがれてしまっている。

「い、いや……ちょっと待って、あの……」

「待てない。もう待てません。お願い、それで今日はあきらめるから」

「いやあ……」

未亡人の口に勃起を埋めこもうとする修平と、顔をふっていやがる熟女。焦れた修平は、ふりたくられる律子の頭をつかんで固定する。

「アァン、ちょ……きょ、今日はって……そういう問題じゃ」

「お願い、お願いです」

「あっ……」

——ヌプヌプッ！

「ンッププゥ……」

（おお。強引に口に突っこんだ）

慶太は唖然《あぜん》とした。

女の意志を無視したこの行為は、やはりレイプもいいところだ。ついに修平は律子の小さな口に、いきり勃つ極太を有無を言わせず挿入した。

6

「んんっ、都築さん……」

「くうぅ、律子さん……ああ、気持ちいい！　おおお……」

——ヌプヌプヌプッ！

「ンッププゥ」

修平は腰を突きだし、とうとう根もとまで熟女の口腔《こうこう》に怒張を埋めこんだ。幸せそうに天を仰ぎ、熱い吐息を漏らす。その両手は律子の後頭部をつかみ、自分の股間に押しつけたままだ。

「ングゥ……都築さん……」

意にそわぬ形で男根をしゃぶらせられた未亡人は苦しそうに美貌をゆがめ、修平を見た。グルッと不穏な音が喉の奥からする。

「くぅ、最高だ、律子さん。律子さん！」

「んんっ⁉」

……バツン、バツン。

「んんむうっ。んっんっ。んあっ、いや、むぶう、むぶう……んっんっ……」

修平は腰をふり、熟女の口でペニスを抜き挿ししはじめた。

しゃくる動きで前へうしろへと尻をくねらせ、嗜虐的としか言いようのない荒々しさで喉奥深くまで男根を突きさす。

「んぐぅ……い、いや……うえぇぇ……都築、さん……んむぅ、むんぅ……」

「はぁはぁ……ああ、気持ちいい。やっぱりあなたは最高だ。ねえ、わかってくれますよね。愛してる。愛してるんだ」

「そんな……んむぅ、んむぅ……んっんっ」

(ああ、エロい！)

眉を八の字にし、律子は強制尺八をさせられるみじめな役割を務める。苦しそうに修平を見あげる切れ長の目には涙がにじみ、肉棒をくわえさせられる口の端からは唾液が垂れた。

修平が股間を美貌にたたきつけるたび、ペシペシと生々しいはぜ音がする。律子はギュッと目を閉じて、そのたび細い喉を不穏に鳴らした。

熟女の身体がリズミカルに揺さぶられ、まるだしにさせられたおっぱいが、ユッサユッサと重たげに踊る。本人の意志とは裏腹ではあるのだろう。乳首はビビンと乳輪の真ん中でしこり勃ったままである。

激しい突きに翻弄《ほんろう》され、揺れた乳首がジグザグと、虚空に不規則な流線を描く。

（お、お姉ちゃん……っ）

慶太は複雑な気持ちになった。目の前で口を犯されているのは見ず知らずの女性なのに、いとしい姉を蹂躙《じゅうりん》されているような気持ちになる。

甘酸っぱく胸を締めつけられた。エロチックな光景にいっしょになって興奮させられながらも、やめてくれ、やめてくれと、心のどこかで叫んでいる。それほどまでに、修平にもてあそばれるこの人は、あまりにも麻乃を彷彿とさせた。

（お姉ちゃん……お姉ちゃん！）

「律子さん、そろそろイキます！」

フェラチオというよりも、これは完全にイラマチオ。自分勝手な行為で熟女の口を犯した真奈の夫は、早くも絶頂を迎えつつあった。

さらに激しくカクカクと腰をふり、最後の瞬間に向かってスパートをかける。

……バツン、バツン、バツン！

（おおお、すごい！）

「むぶぅ!?　んむぶぅぅンン……ああ、いや、んっんっ……く、苦しぃ……んっんっ……んっんっんっ……」

「くうぅ、気持ちいい。おお、出る！　出る出る出る出るっ！　うおおおおっ」

「むぶぅっ!?　んっぷぷぷぷぅンンン！」

――どぴゅっどぴゅっ！　びゅるる！　どぴゅどぴゅどぴゅ！

「きゃあああ」

とうとう修平はアクメに昇りつめた。

射精の瞬間、熟女の口からペニスを引き抜く。ふるえる怒張を未亡人の美貌に定め、水鉄砲の勢いで律子にザーメンをたたきつける。

……ビチャビチャ、ビチャ！

「——ぷはっ!?　あぁン、いや……ぷはあ……ああ、こんな……こんなぁ……」

「おお、最高だ。気持ちいい。おおお……」

律子は美貌をこわばらせ、強く目を閉じて顔面シャワーのいけにえになった。

ほてった小顔に雨あられとばかりにザーメンが襲いかかり、あっという間にドロドロにする。

三回、四回、五回——修平の肉棒は雄々しい痙攣をくり返し、そのたび大量の精液を、律子の美貌に飛びちらせた。

精液の栗の花のような臭《にお》いが、慶太のもとにまでただよってくる。

(これは……とんでもないものを見ちゃったな……)

落下無残な未亡人の姿を、胸を痛めて盗み見ながら、慶太は心臓をドキドキさせた。ところが、どうやらことはこれだけでは終わりそうもない。

「り、律子さん……」

ようやく射精を終えたらしい。まだなおビクビクと、空砲のように陰茎を脈動させながら、声をふるわせて修平は言った。

「えっ……?」

顔面に飛びちったザーメンを白魚のような指でぬぐっていたところだった。未亡人は修平に呼ばれ、不安そうに返事をする。

「やっぱり……やっぱり俺、これだけじゃ満足できません！」

「えっ、ええっ。きゃあああ」

（あっ！）

修平はまたしても律子を立ちあがらせた。先ほどと同じ立ちバックの体勢にさせ、乱れたスカートをもう一度腰の上までまくりあげる。

「きゃあああ。都築さん!?　いやです、やめて……っ」

放心したようになっていた熟女は、ふたたびパニックに襲われた。いやがって腰を引き、修平から逃げだそうとする。

激しく動くそのたびに、たわわな乳房がたっぷたっぷとエロチックに跳ね踊る。

「そんなこと言わないで。あなたがいけないんだ。こんなにも魅力的だから！」

「きゃあああ」

（も、もう見ていられない）

修平は熟女を立ちバックの体勢にさせ、スカートをまくってパンティを下ろそうとした。慶太は後先考えず、あわてて木の陰から飛びだした。

「なにをしている！」

「きゃあああ」

とつぜん飛びだしてきた男に驚き、律子は悲鳴をあげ、その場にうずくまった。

「あっ……」

修平はフリーズし、両目を見ひらいて慶太を見る。

「い、いや……いやあぁ……」

気まずい空気があたりを支配した。ただひとり、律子だけが涙声で訴え、胎児のようにまるまったまま、かぶりをふって、黒い髪をふり乱した。

7

（連絡先ぐらい、聞いておくんだった）

仏画のレッスンのために、また教室に来ていた。

生徒たちは真剣に、それぞれの作品や課題ととり組んでおり、あたりは静まり返っている。

書きかけの不動明王の絵をじっと見た。

もう何度悔いたかしれない同じことを、今日もまた慶太は悔いてため息をつく。

それほどまでに、一週間ほど前に出逢《であ》った律子という未亡人は、ときが経てば経つほど、彼の中で大きさを増していた。

あのときは、偶然をよそおってふたりの前に飛びだし、なんとか彼女のピンチを救った。混乱した様子の未亡人は、我に返ると服をもとに戻し、逃げるように森の中から駆けだした。

そのあとを追うように、修平も忌々しげに慶太をにらみ、森をあとにしたけれど、あれからふたりはどうなったのだろう。

今にして思えば、律子のあとを追い、どう思われようと自宅近くまで送りとどけてやるべきだったのではあるまいか。

そうすれば、また会える可能性も段違いにあったのに。

できることなら、また会いたい——そんな風に思ってしまう自分を、慶太はどうすることもできなかった。

(しかも俺……真奈さんにもうそをついちゃってるし)

自虐的に心中でつぶやき、離れた席で作品ととり組む人妻をちらっと見た。

ちょうど休憩中だったのか。真奈は夢中になってスマホを操作している。

先日の一件については、

——尾行したんだけど、途中で見失っちゃって。ごめんなさい、役に立たない探偵で。でも、また挑戦するから。

と、いい加減な報告をしてしまった。修平に顔を知られてしまった以上、二度目の探偵ごっこは格段に難易度があがってしまうのだったが。

(……うん?)

机の端に置いていたスマホに受信の通知があった。見ると、真奈からのようだ。してみると、真奈は慶太にメッセージを送っていたのだったか。慶太は自分のスマホをとり、メッセージをたしかめた。

——このあと、時間ある? 紹介したい人がいるの。

(……は?)

眉をひそめた慶太は、ふり返って真奈を見た。人妻はこちらを見て、にこりと微笑む。別にいいけど、紹介したい人って誰ですかと、慶太は問い返した。

ほどなく、真奈から返信がある。

——あなたの隣。左にいる人。

(……えっ⁉)

慶太はドキッとした。

左ってと、驚きながらさりげなくそちらを見る。

(……まさか、この人⁉)

そこにいたのは、年のころ三十歳そこそこの美しい女性。

教室に来るたび、何度か挨拶《あいさつ》はしていたし、真奈から話も聞いてはいたが、いまだ親しく話をしたことのない熟女だ。

名前はたしか、和田珠希《わだたまき》。

クールな美貌が印象的な細身の女性。スレンダーな肢体なのに、胸のふくらみには、やや不釣合なほどの量感がある。

珠希は慶太に見られているとも知らず、黙々と、自分の作品に絵筆を走らせた。

第三章　欲求不満のバツイチ美熟女

1

「お味、どうかしら。久しぶりに焼いたから、ちょっと自信がなくて」

「あっ……とってもおいしいです」

鈴を転がすような声で聞かれ、慶太はあわてて答えた。我知らず声がうわずり、どうにも緊張を隠せない。

だが、それも無理のない話。いったい誰が、こんな展開を予想できよう。

「よかった。いっぱい食べてね」

「は、はあ……」

その人は相好を崩し、テーブルのクッキーに両手を開く。

慶太のために焼いてくれた、できたてのほやほやのクッキーだ。無防備でフレンドリーな女性の笑顔に、慶太はますますガチガチになってしまう。

和田珠希。

仏画教室で知りあった美貌の熟女。

慶太は深い関係になった人妻、都築真奈の仲介で珠希と話をするようになった。

――このあと、時間ある？　紹介したい人がいるの。

教室で真奈からそんなチャットメッセージをもらったのは二週間ほど前のこと。

別にいいけど、誰ですか、と問い返した慶太に、真奈は言った。

――あなたの隣。左にいる人。

それが珠希だった。

落ちつきのある、クールな美貌が忘れがたいスレンダーな女性。

すらりと細身であるにもかかわらず、おっぱいのボリュームには、それとはアンバランスな迫力があった。

それまでにも、教室に来るたび挨拶はしていた。だが逆に言うなら、それだけの関係。話したことなど一度もない。小心者で奥手な慶太には、自分から話しかけるにはいささか勇気のいる、高嶺《たかね》の花の熟女――それが珠希という人だった。

慶太はその日、珠希と真奈と三人で酒を飲んだ。

教室では寡黙な人だったが、酒の席では意外に快活で、珠希は真奈とふたり、女同士の会話に楽しそうに盛りあがった。もちろんそんなフレンドリーな態度は、そのときがはじめての会話となった慶太に対しても変わらなかった。

酒が入り、いくぶん緊張がやわらいだ慶太は、間に入って盛りあげてくれる真奈のおかげもあり、飲むほどに、酔うほどに、珠希ともワイワイと話ができるようになっていたのであった。

——仲よくしてあげて。かわいそうな人なの、あの人も。

真奈が小声で言ったのは、珠希が化粧室に立った間隙を縫ってのことだった。

聞けば珠希は数年前に夫と離婚をしていた。ＤＶ癖のある夫から、逃れるようにしての離婚劇だったようだ。

現在は郊外の一軒家でひとり暮らしをしていると聞いた。

夫のトラウマで男性恐怖症的なところはあるが、きみにはあまり抵抗感がないようだからというのが真奈の言だった。それを契機に、慶太は珠希ともチャットアプリのＩＤを交換し、ときおりチャットで会話をするようになった。

そうしたチャットでのやりとりを通じ、珠希が興味をしめしたのは、慶太が子供のころ、漫画家をめざしていたという話だった。もっとも、漫画家云々《うんぬん》と言ってもあくまでも子供のころの話。せいぜい中学生ぐらいまでのことだ。

たしかにそのころは、絵の勉強がしたいと親に頼みこんで教室に通わせてもらったりした。だが、決して才能があったわけでもなんでもない。

成長とともにほかのものへと興味がシフトしていった事実が物語るとおり、結局はその程度のものにすぎなかった。ところが、珠希は慶太が漫画家をめざしたこともあったという思い出話に食いついた。

そんな子供のころの夢が、もしかしたら今の仏画にもつながっているかもしれないわねと言われれば否定もできない。

——ねえ、私のこと、描いてみてくれない。

珠希はチャットで、そんな話を持ちかけた。

珠希は資産家らしい親の援助で、一軒家でのひとり暮らしを満喫していた。ひとりで暮らすには贅沢《ぜいたく》な間取り。

一階のふた部屋をぶち抜いて改造し、アトリエとして使っていた。ふだんは自分が絵を描くそこで、慶太に肖像画を描いてほしいというのが珠希の依頼だった。

もちろん断った。冗談ではないとうろたえた。漫画家をめざした一時期は、たしかに似顔絵もよく描いたし、そういうことが好きでもあった。

だがしょせん、子供のころの話。それからいったい何年経っているというのか。

しかし頑強に拒む慶太に、珠希はしつこく追いすがった。

絵の才能があることは、慶太がとり組んでいる仏画を見ればわかると言った。

——慶太さんに描いてほしいの。私、これからどんどんおばさんになっていくだけだもの。今の私を描いてもらって、記念に残しておきたい。

意外なほど熱烈に、珠希は慶太を説得した。

ちなみに珠希と慶太は同い年。

そんな気安さも、珠希をよけい積極的にさせた可能性がある。子供のころ夢中になったコミックやアニメの話題は、同い年なので当然もろにかぶり、真奈と三人の酒の席でも、ふたりで交わすチャットのやりとりでも話に花が咲いた。

久しぶりにする懐かしい漫画の話に慶太は調子づき、ついあれこれとうんちくをかたむけた。こんなことになるのなら、よけいなことを言わなければよかったと思っても、もうあとの祭りなのであった……。

2

「うれしい、全部食べてくれたのね」

クッキーがきれいになくなった大きな皿を満足そうに見て、珠希は白い歯をこぼした。

「は、はあ。あの、ごちそうさまでした」

つい食い意地が張ってしまったことに恥ずかしくなりつつ、慶太は頭を下げて紅茶をすする。

「ンフフ。とんでもない。お粗末さまでした。よかった、食べてもらえて」

珠希は目を細めて笑った。

ふつうにしていると、近寄りがたい高貴さを感じさせる顔立ちだが、こんな風に笑顔になるとたんに親しみが増す。心に亡き姉がありながら、ついドキッとしてしまう情けない自分に、慶太はため息をつきたくなった。

白い卵形の小顔に、ショートボブのヘアスタイル。美しい髪は明るい栗色で、エレガントな艶やかさを感じさせる。

優美な雰囲気は、もちろん髪だけのせいではない。めったにお目にかかれないととのった顔立ちにも、男を落ちつかなくさせる雅《みやび》やかなものがある。

アーモンドのような目はつりぎみ。濡れたような輝きと、黒目の大きさが印象的だ。すっと鼻すじが通り、その形のよさにもほれぼれするようなものがあった。

鼻翼もほどよい大きさで、近寄りがたさの最大の理由は、この高く美しい鼻梁によるところが大きい。

そのくせピンク色をしたくちびるは、ぽってりと肉厚だ。プルプルとした弾力を感じさせ、この人が彫像などではなく、生身の肉体を持つ美女なのだという事実を雄弁に突きつける。

ととのっているのは顔立ちだけではなかった。すらりと伸びやかな肢体は、まさにモデルのようと言っても過言ではない。手も脚も長く、ちょっと日本人離れしている。服の上から見た感じでは、ヒップもキュッと締まっていた。

ただ一点、そんな体型と不釣合なものがあるとしたら、胸もとのふくらみだ。慶太がチラチラと見たかぎりでは、おそらく九十センチほどはある。

鬼に金棒——そんな言葉が思いだされた。

この美しさで均整のとれたボディ。しかも、巨乳。

こんな奥さんに暴力をふるえるだなんて、いったい前夫だった男はなにを考えていたのだろうと、慶太は思った。

(それにしても、いい天気)

目を細め、窓のほうを見る。窓から燦々《さんさん》と午後の日差しが射《さ》しこむ、一階のリビングルーム。開放的な掃きだし窓には白いレースのカーテンが引かれ、陽光を浴びてカーテンがキラキラときらめいている。

無駄なものが置かれていないせいもあり、ただでさえ広いリビングが、よけい広々として見えた。慶太はリビングの一隅にもうけられたスペースで手作りの菓子をごちそうになり、紅茶を飲んでいた。

高価そうなアンティークのローテーブルに、革張りのソファセット。

こんなに座り心地のよいソファには座ったことがなかったなと思いながら、慶太は背もたれに体重を預けた。

(……律子さん)

とつぜん脳裏に、亡き姉と瓜ふたつの容姿を持つ未亡人の姿がよみがえる。

真奈が必死で追いかけている、夫のにっくき浮気相手。

だがじつは、真奈の夫の修平と律子は相思相愛の関係ではなく、修平が一方的に言いよっているだけの関係だった。

つまり、律子にはなにも罪はない。だが、浮気調査を依頼された慶太には、雇用主の真奈に突きとめた事実をレポートする義務があった。

しかし律子が、恋いこがれた亡き姉と生き写しだったという思いがけない事情から、慶太は真奈の夫の浮気相手について、いまだに真奈に報告できずにいる。

謝礼の前払いのような形で肉体関係を持ってしまったことを思えば、真奈への背信行為以外のなにものでもないことはわかっていたが。

（やめよう。憂鬱になる）

このことに思いがいくと、いつもはまることになる無限ループに、またもおちいりそうになった。慶太はあわてて脳裏から律子や真奈の面影をふり払い、ティーカップに手を伸ばす。またもズズッと紅茶をすすった。

（それにしても、ほんとにうまかった）

上品な挙措でお茶を飲む珠希を横目に見つつ、慶太はこの熟女の菓子作りの腕前に、あらためて感心した。菓子や料理を作ることが大好きだとは聞いていたが、たしかにそう公言するだけのことはある。

鉛筆で肖像画を描き終えたらご飯もごちそうするからと言われているが、ついそちらにも期待してしまう自分がいることに気づき、慶太は自らを戒めた。

「あの、珠希さん、夕飯のほうは本当にいいですから」

「あら、どうして」

慶太が言うと、珠希は心外そうに目を見ひらいた。

「どうしてって――」

「だって、もう準備もすませてしまっているもの」

「あ……」

途方に暮れたような顔で見つめられ、罪悪感がつのった。

「そ、そうなんですか」

「そうよ。だから、遠慮しないで食べていって。せっかくのお休みに無理なお願いをしているのはこっちなんだし」

「はあ……」

慶太は恐縮し、かゆくもない頭をかいた。承服した様子の慶太に満足したのか。珠希はうれしそうに微笑むと、立ちあがって片づけをはじめる。

「ご、ごちそうさまでした」

「とんでもない。お粗末さまでした。じゃあ、そろそろ……」

「あっ、はい」

ワクワクした感じで、珠希は同意を求めた。慶太はぎくしゃくと返事をし、ダイニングに向かう珠希の背中に声をかける。

「でも珠希さん、しつこいようですけど、あまり期待しないでくださいね。俺なんて、ほんとに素人もいいところで――」

「いいの、そんなこと気にしないでも」

珠希はふり返り、慶太の言葉をさえぎって断言した。そんな動きのせいで、胸もとのたわわなふくらみが、思いのほか激しくたっぷたっぷと揺れはずむ。

見てはいけないものを見てしまった気がして、慶太はあわてて視線をそらした。

そんな慶太に、バツイチ熟女は言う。

「いいの。好きに描いてくれれば。だって私、慶太さんに描いてもらいたいって思ったんだもの」

「珠希さん……」

「楽しみだわ」

うっとりとしたような顔つきになって、珠希は言った。

「楽しみ、ほんとに。ンフフ」

3

「メチャメチャじょうずじゃないか……」

リビングをあとにし、同じ一階にあるアトリエに通された。

慶太はまたしてもプレッシャーに襲われる。

八畳のふた間をぶち抜きにして改装したというアトリエは、仏画のためのコーナーと西洋画を描くコーナーに分けて使われていた。

仏画のコーナーはアトリエの隅のほう。

大きな和式の座卓が置かれ、現在珠希がとり組んでいる絵絹の観音《かんのん》菩薩と、日本画を描くために必要な各種の用具がそろえられている。

近くには、これまで珠希が描いてきた仏画作品が並べられていた。

聞けば教室で制作している作品だけでなく、家でもひとりで習作に励んでいるのだという。ちなみに珠希は仏画教室に通いはじめ、そろそろ二年になるらしい。

師匠の女性仏画師、平野華羅はいつも教室で珠希に向かって、

――よく二年でここまで来たよね。あなた、家でもかなり描いてるね。

と看破していたが、たしかに月に二度、教室で描くだけでは到達できない進みかたで、珠希は腕をあげているように見えた。

聖《しょう》観音や不動明王、愛染《あいぜん》明王などを描いた色紙が並べられ、壁には表装された十一面《じゅういちめん》観音の絵絹作品が飾られている。どれもみな、舌を巻くできばえだ。

これほどの腕を持つ女性の肖像画を、今から自分はその本人の前で描くのかと思うと、慶太は今さらながら深い後悔に襲われた。

（しかも……）

唇を嚙《か》みつつ、西洋画のコーナーに進む。

イーゼルが立てられ、大きなスケッチブックが載せられていた。

まっ白なのは、これからそこに慶太が珠希を描くから。

イーゼルの向こうには、珠希がポーズをとるためらしい籐《とう》椅子が少し離れた場所に置かれていた。周囲の壁を見れば、珠希が描いたという油絵作品や水彩画が無造作に飾られている。

「プロかよ、この人……」

日本の田舎の風景や、西洋の街並みを描いたらしき作品がずらりと並んでいた。はっきり言って、レベルが違う。慶太は真剣に逃げだしたくなった。どうしてこんなことになってしまったのかと、暗澹《あんたん》たる思いにすらなる。

ひょっとしてからかわれているのではないかという、被害妄想すら抱きかけた。

「……て言うか、どうしたんだ、珠希さん」

今にも逃げだしたくなる気持ちをこらえ、慶太はつぶやいた。

時計を見る。着がえてくるからと言ってアトリエを出ていってから、かなり時間が経っている。

「……そんなにおしゃれをされても、俺の腕前じゃなあ」

どんな服に着がえてくるつもりか知らないが、いずれにしてもがっかりさせてしまう公算が高い。慶太は申し訳ない気持ちになった。

それはたしかに、今日という日を迎えるまでにはデッサンのまねごとなどをし、少しでもいい絵が描けるようにとがんばりはした。だが、しょせんは付焼刃、あるいは泥縄だ。描けば描くほど自分の下手さ加減を痛感させられた。

「やっぱり今からでも謝って、中止にしてもらったほうが……あっ」

弱気になり、そんな繰りごとをつぶやきかけたそのときだ。

「ごめんね。お待たせしました」

ドアノブがまわり、この家の主《あるじ》が耳に心地よい声とともにアトリエに戻ってきた。

「あ、いえ……えっ」

入ってきた珠希を見る。慶太は思わず息を呑んだ。

（えっ。えっ、えっ）

思わず眉をひそめた。なんだこの格好はと、きょとんとなる。

珠希は、まるで風呂《ふろ》あがりのような身なり。無防備なバスローブ一枚だけの姿に見える。バスローブは純白で、ふわふわとしたさわり心地のよさそうな素材。ローブのすそは短く、美しく細いふくらはぎが惜しげもなく露出している。むきだしになった脚に、先ほどまではいていたはずのストッキングはない。

「あ、あの、珠希さん」

「じゃあ、はじめましょうか」

あまりに意外な装いを問いただそうとした。しかし珠希は、そんな慶太に四の五の言わせないとでも言うかのように、やや声量をあげて宣言する。

籐椅子の前に立ってこちらを見た。

「珠希さん」

「…………」

「ううっ……」

アイコンタクトでうながされ、慶太はしかたなくイーゼルの前の椅子に座る。

イーゼルとスケッチブックの向こうには、微笑んで立つ珠希がいる。

もしかしてシャワーでも浴びてきたのかといぶかった。それほどまでに、慶太に向けられた小顔はほんのりと紅潮し、湯あがりさながらだ。

だが、すぐにそうではないと気づく。

珠希は羞恥《しゅうち》にかられ、美貌を赤らめているのである。しかしそうであるにもかかわらず、熟女は小首をかしげて慶太に微笑んだ。

「慶太さん」

どこか媚びたようなその声は、いつもとはトーンが違った。隠そうともせず、甘いひびきをにじませている。

「きれいに描いてね」

「いや、あの、珠希さ……あっ！」

思わずすっとんきょうな声をあげた。

珠希はバスローブの帯をほどくと、演技過剰とも思えるゆっくりとした動作で、ローブのあわせ目を左右に開いた。

（――っ。うおお。うおおおおっ！）

「ンフフ……そんな目で見て。どうしよう、すごく恥ずかしい」

慶太は今にも大声をあげてしまいそうだ。

たぶん今、自分はぽかんと口を開けているはずだと思う。そして両目を大きく開け、ローブの奥からさらされた光景に視線を釘づけにしている。

（ど、どういうことだ、これ。ああ……）

息をすることすら忘れ、慶太は硬直した。

珠希はバスローブの下に、なにもつけていなかった。

あろうことか、ブラジャーもパンティもそこにはない。つまり、生まれたままの姿が、とつぜん慶太の眼前に露出したのである。

さらには――。

「ンフフ」

珠希は恥ずかしそうに笑いながら身をよじり、するりと両肩からバスローブをすべらせた。白いローブが小さな音を立て、美熟女の足もとにまるくなる。

もう完全に、珠希はまる裸。

均整のとれた裸体をさえぎるものは、もはやなにひとつなかった。

4

「た、珠希、さん……」

なにをしているんですかと、本当は言いたかった。だが口にできた言葉は、やっとのことで熟女の名前。間抜けなことに、無様なまでにふるえている。

「フフッ。いやだ、すごく恥ずかしい。同い年だし、勇気出したんだけど、ちょっと後悔。やっぱり、もう年よね、私。フフッ」

珠希は自嘲《じちょう》的に笑い、胸や股間を隠そうとしてはもとに戻し、何度も足をもじつかせた。恥ずかしいことは恥ずかしいが、もうこうなったら見せつけるのだとでも思っているかのように、さらに顔を紅潮させつつ、すっぽんぽんの身体を慶太にさらす。

「いや、あの……おおお……」

言わなければならないことは山ほどあるはずだ。

そもそもこの展開はいったいなんだと、まったくわけがわからない。それなのに、口から漏れるのは感嘆と驚きのうめきだけ。

なおもフリーズしたまま、目の前の信じられない光景をマジマジと凝視する。

やはり日本人離れしたスタイルのよさだ。

手が長い。脚が長い。しかも、服の上からでもわかったとおり色白で、熟れはじめた年代の美肌は透きとおるようなきめの細かさだ。

そのうえ、ただ細身なだけではなかった。

意外なほど、出るところが出て引っこむところが引っこんでいる。えぐれるようにくびれている腰の細さと、思いのほかダイナミックに張りだすヒップのたくましさを知り、慶太はたまらずキュンと股間をうずかせた。

張りだし具合の見事さと言えば、乳も同様だ。得も言われぬまるみを見せつけるボリュームたっぷりのおっぱいが、ふたつ仲よく胸もとでたっぷたっぷと揺れている。伏せたお椀《わん》のような、という形容がよく似合った。白くてまるいふくらみの突端は、淡い鳶色をした乳輪と乳首が控えめな感じでいろどっている。

乳首はすでに勃起しているかに見えた。乳輪の真ん中に狂おしく屹立《きつりつ》し、サクランボかと見まがうようなまるみと大きさで存在感を主張する。

（おお。おおお……）

呆《ほう》けたようになった慶太の視線は、本能に導かれるがまま、美熟女の股間へと向かった。

「アン……」

やはり恥ずかしさがつのるのか、そのとたん、珠希は太ももを閉じるようにした。しかしそんなことでは、ヴィーナスの丘は隠せない。

白くやわらかそうな肉の丘に、猫毛を思わせる優雅な感じで淡い繁茂がある。恥毛の量はかなり少なく、毛の間から地肌が見えるほどだ。

「さあ、描いて」

珠希は声を大きくして言うと、籐椅子に腰を下ろし、椅子の片側にもたれるようなポーズを作った。長い脚を上体とは反対側に流すようにして、色っぽい姿でこちらを見つめる。

左右の手にはさまれた乳房が、せりだされるかのようにひしゃげて前へと飛びだした。もしかして体熱があがっているのだろうか。甘くかぐわしい熟女のアロマが、生暖かい熱気とともに、ふわりと慶太の鼻面を撫《な》でる。

「いや……えっと……」

さあ描いてと言われても、では失礼してと鉛筆など握れる状態ではなかった。なにか言わなければと思うものの、開いた口はあうあうと、滑稽なまでにふるえるばかりだ。

「ど、どうして……」

それでも、やっとの思いで慶太は言った。

「どうして、こんな格好に」

「あら、どうしてってなに」

するとさも意外そうに珠希は目をまるくする。

「だって……」

なおもふるえる下あごを叱《しか》りながら、慶太は懸命に喉から言葉を押しだした。

「なんで、裸——」

「え、どうして。私を描いてって頼んだときから、ヌードを描いてもらうつもりでいたんだけど」

「ええっ」

「言わなかったかしら」

聞いてませんよと、慶太は悲鳴をあげたくなった。

必死に頭を回転させ、ことここにいたる記憶のすべてを心でたどる。

だがやはり、そんなことを明言されたおぼえはなかった。そもそもヌードを描いてくれだなどと言われたら、それこその時点で、全力で拒んでいる。

「言ったと思ったんだけど」

「き、聞いていません」

慶太はようやく顔をそむけ、ふるえる声で言った。

ドキドキと心臓が激しく鼓動している。

思いがけない美熟女の裸身に動転し、息苦しさをおぼえていた。

「帰ります」

慶太は珠希から顔をそむけたまま言った。

もしかしたら怒っているように聞こえたかもしれない。だが、決して怒っているわけではなかった。強引に引きずりこまれてしまった思いもよらない事態から、一刻も早く逃げだしたかっただけである。

──仲よくしてあげて。かわいそうな人なの、あの人も。

はじめて三人で飲んだ夜、たしかに真奈はそう言った。もしかして真奈の「仲よくしてあげて」には、慶太と珠希がこうなる意味も含まれていたのか。

今さらのように、どこかねっとりと淫靡な粘りを帯びていた、あの夜の真奈の目つきを思いだした。

「お願い、恥をかかせないで」

するとまた、とつぜん声のトーンを変えて、珠希が言った。

ハッとして珠希を見る。

珠希は籐椅子から飛びだし、慶太に向かって近づくや──。

「わわっ、珠希さん」

床にひざまずき、すがるかのように全裸で慶太に抱きついた。

「ねえ、恥をかかせないで。女が裸になってるのよ」

「珠希さ――」

「すごく勇気を出してるの。わかるでしょ。ねえ、わかるでしょ」

「わあっ」

それはまさに不意打ちだった。珠希は片手を慶太の股間に伸ばし、デニムの上から男のシンボルをやわやわとまさぐる。

「うわっ。うわわっ、ちょ……珠希、さん、あああ……」

「硬くなりかけてるじゃない。ねえ、ちょっとは興奮してくれてるんでしょ。私の裸なんて、ぜんぜん魅力ない？」

訴えるような声音は、今にも涙まじりになりそうに聞こえた。

見れば慶太を見あげる瞳には、たしかにせつない潤みがある。

(やっぱり珠希さん、最初から……)

慶太は確信した。珠希ははじめから、慶太とこんな風になることを意図して、自宅に呼びよせたのであろう。

教室ではいつも寡黙で、真摯《しんし》に仏画に向かうクールな美女。

だが、そうであるにもかかわらず、ひと皮むけばこの人も、言うに言えない生身のつらさをひとり持てあましていたと言うことか。

「珠希さん」

「お願い。ねえ、お願いよう」

「あああ……」

珠希は駄々っ子のように裸の身体を揺さぶり、慶太の下半身からジーンズと下着を脱がせようとした。ちょっと待って、俺には心に今でも姉がと思いはするものの、慶太は珠希の勢いにあらがえない。

恥をかかせないでという哀訴の声が、慶太の動きを呪縛《じゅばく》した。

5

「珠希さん、あああ……」

ついに珠希は、慶太の股間からずるりと下着ごとデニムをずり下ろす。

まさかこんなことになるとはとまどっているのがふつうなはずなのに、むきだしになった一物は、珠希の言うとおり、早くも半勃ち気味になっていた。

「アン……ンフフ、大きくなりかけてる」

珠希はしてやったりという感じで言った。

「わああっ」

不覚にも血液を集めはじめていた男根を、熟女は躊躇《ちゅうちょ》なく白魚の指にとる。

「ハァン……」

「うわっ。うわあっ……」

……しこしこ。しこしこしこ。

それが当然の行為だとでも言わんばかりの大胆さで、珠希は半勃ちペニスをしごきはじめた。

柳眉《りゅうび》を八の字にし、真剣な顔つきで眼前の肉棒を見つめている。

その表情は、まじめそのものだ。

教室で、絵筆を手に真剣なまなざしで仏画と向きあう珠希が思いだされた。

ところがその淫技は、意外に巧みである。

ただ上へ下へと棹《さお》をしごくだけでなく、カリ首の縁に指を這《は》わせたり、亀頭の肌をそろり、そろりと撫でたりして、男のツボを知悉《ちしつ》している。

苦もなく熟女の術中にはまった気がした。なんてことだと思いはするものの、極太がうずきを増し、さらに血液が大量に流れこむ。

「ま、まあ……えっ……ええっ……？」

自分で刺激しておきながら、戦闘状態になっていく怒張に珠希はうろたえた。だが、それも無理はない。熟女のまるめた指の中で、どす黒い陰茎はどんどん大きくなっていく。慶太が巨根の持ち主であることを、珠希は知らなかった。

「すごい、こんなに。えっ、ええっ……」

「ううっ、珠希さん！」

「きゃあああ」

慶太のペニスは、あっという間にビンビンになった。

わかっている。心で亡き姉を慕いながら、ほかの女性にこんなことをしてしまう自分は、外道もいいところだ。

しかし、焚《た》きつけたのはこの人だと、責任転嫁をしたい気になった。それほどまでに、全裸で男根をしごく美熟女は、あまりに魅力的である。

「け、慶太さん、あああ……」

「くぅ、珠希、さん……」

「はぁはぁ、珠希さん、珠希さん、珠希さん、珠希さん」

「あああ……」

立ちあがった慶太は、全裸の珠希を抱きすくめて移動した。気づけばいつしか、ふたりは攻守ところを変えている。

火をつけられた慶太は鼻息も荒く、スレンダーな裸女を籐椅子まで連れていく。

「アァン、慶太さん、ひゃん……」

珠希は両脚をもつれさせながら、慶太にされるにまかせた。

籐椅子に座らせると短い悲鳴をあげるが、まったくいやがっていない。

「いいんですね。こんなことをして、ほんとにいいんですね」

着火させられた激情は、早くもごうごうと紅蓮《ぐれん》の炎をあげはじめていた。

傘《かさ》の縁を擦られ、スリスリと亀頭を擦られた棹は、えげつないほど反り返り、生殖への渇望をアピールしている。

「好きにして、慶太さん。好きにして」

教室では絶対に見ることのかなわない珠希がここにいた。熟女は鼻にかかった声で甘え、ねっとりと潤んだ双眸《そうぼう》でこちらを見あげる。

「真奈さんに聞いたの。慶太さん、私も真奈さんみたいにいじめてほしい。いっぱいっぱい、恥ずかしい思いさせてほしい」

(なんてこった)

やはり黒幕は真奈だったかと、慶太はため息をつきたくなった。珠希の話を聞くかぎり、慶太と真奈の間に起きたことは、ほとんどこの人にも漏れ伝わっているようだ。こうなったらもう、開きなおるよりほかにないと腹をくった。

「どうしてほしいの」

「きゃあああ」

聞きながら、長くて形のいい美脚を二本ともすくいあげ、開かせて籐椅子の肘《ひじ》かけ部分に乗せた。

「おお、すごい……」

「いやいや。いやあ」

下品に脚を開かせられた珠希は、じっと股間を見つめる慶太に、恥じらいに満ちた声をあげる。いやいやとかぶりをふり、肘かけから脚を下ろそうとする。

「恥ずかしい思い、させてほしいんでしょ」

「あああ」

慶太は声のトーンを変え、少しドスをきかせて言った。暴れる脚を押さえつけ、やわらかな内ももを圧迫すれば、得も言われぬやわらかさと弾力が指に伝わってくる。

「アァン……」

「いやらしいガニ股。教室ではいつも上品なのに」

「そ、そんなこと言わないで」

わざと股のつけ根を凝視しながら、慶太は珠希を辱めた。

乞われてはじめたことのはずなのに、心臓がドキドキし、どこにあったのかと思うような野性が臓腑の奥からせりあがってくる。

「マ×コもいやらしい。きれいな顔して、こっちはスケベそうだね」

「いやあああ」

動きを封じつつ言えば、珠希は両手で顔をおおい、さらに激しくあらがう。

猫毛を思わせる陰毛の下には、ぱっくりとラビアを広げた陰唇があった。肉ビラは思いのほか肉厚で、百合《ゆり》の花のように縁の部分がまるまっている。

くぱっと開いた秘割れの狭間《はざま》は、すでにネトネトだ。ピンクの粘膜にねっとりと、とろみを帯びた蜜がコーティングされている。

男をさらに獰猛にさせる、媚薬《びやく》のようなアロマがワレメから香りたった。

南国の果実を思わせる、甘みと酸味がいっしょになったような媚香。それを思いきり吸いこみ、ますますペニスがビクビクと不穏なうずきを激しくする。

「いやらしいマ×コ。すました顔してるけど、ほんとはこんなことされるとすごくうれしいんでしょ」

「あああああ」

慶太は珠希をガニ股姿に拘束したまま、女の園にむしゃぶりついた。

そのとたん、珠希はこの日いちばんの嬌声《きょうせい》をあげる。籐椅子をギシギシと軋《きし》ませて、悶絶《もんぜつ》せんばかりに身をよじって暴れた。

6

「エロマ×コ……はぁはぁ……いやらしい匂いがする。んっんっ……」

……ピチャピチャ。ねろん、れろれろ。

「あああ、そんなこと言わないでよう。恥ずかしい、恥ずかしい」

「言わなくていいの？」

「い、いやああ。いじわる。いじわる」

「じゃあ、やめるか。言わないでいいのね」

「言って。いっぱい言って。私がやめてって言っても言って。いじわる、いじわるン」

「おお、珠希さん、スケベな匂いのマ×コを持ってる珠希さん。んっんっ……」

「あああああ」

恥じらいと昂りの双方をしめす珠希にますます興奮しながら、慶太はいっそう顔をふり、ぬめる肉割れを舌でほじって執拗に舐める。

「あああ。よ、呼びすてがいい」

「えっ……」

珠希は言った。

「呼びすてにして。おまえとか言ってもいいから。チヤホヤしないで」

「こ、こんな感じかよ、珠希」

「うあああ」

ピンと伸ばした指で肛門をほじほじとほじりながら、慶太は怒濤のクンニリングスをお見舞いした。もう片方の手は豊満な乳を鷲づかみにし、とろけるような感触に恍惚《こうこつ》としながら、乳の形を無限に変えて揉みしだく。

（最高だ）

……もにゅもにゅ、もにゅ。

「うああ。うあ、うあああああ」

「おらおら。ケツの穴をほじってやってるぞ、珠希。ケツの穴もエロいな、おまえ。なんだよ、ほんとはこっちにチ×ポを挿《い》れてもらいたいんじゃないのか」

ピンクの園を舌で蹂躙しつつ、アヌスもソフトにほじって熟女を責めたてる。

膣の潤みが明らかに増していた。一気に蜜が量を増し、さながら湧きでる泉のように、女陰の縁からあふれだす。

「うああ、い、挿れてほしくない。おち×ちんは前じゃなきゃいやあ」

「前ってどこだよ」

「あああ。今舐めてくれてるとこ」

「マ×コって言えよ。ガニ股珠希のエロマ×コって。そらそらそら」

……ほじほじほじ。

「うあああ。恥ずかしい。慶太さん、恥ずかしいよう。あああ」

「言えよ。言わないとチ×ポやらないぞ。ガニ股珠希のエロマ×コに、慶太さんのでっかいチ×ポ挿れてって言え」

「ああああ」

（なんかすごいな、俺）

求められてはじめたこととは言え、今日のシチュエーションプレイにもまた、男の本能を痛いほど刺激された。

すました顔をして仏さまを描いているのは、自分も同類かもしれない。

（すみません、仏さま）

心で観音菩薩に手をあわせた。

しかしそれでも、はじめてしまったプレイは、もうどうにも止まらない。

「うああ、慶太さあああん」

「ほら、言えよ。言わないとこっちの汚いケツの穴にチ×ポぶっこむぞ」

慶太はアヌスをほどよい力加減でほじほじとほじりつつ、珠希を責めさいなむ。

「き、汚くないもん。ちゃんとしてるもん」

「いいから言え。そらそらそら」

「あああああ」

体勢を変え、中腰になった。猛《たけ》る勃起を手にとり、亀頭でヌチャヌチャと蜜と唾液にまみれた恥裂を擦過する。

——ヌチョヌチョヌチョ！　グチョグチョヌチョ！

「あああ。慶太さん、挿れて。もう挿れてェン。我慢できない。あああああ」

そうとう欲求不満だったのか。

合体を目前にして、珠希もまた一気に官能のボルテージをあげた。

「だったら言えよ、珠希。ガニ股珠希のエロマ×コに、慶太さんのでっかいチ×ポ挿れてって」

——グチョグチョグチョグチョ！

「あああ。いいよう、いいよう。ねえ、気持ちいい。もっと気持ちよくして」

「だったら言え！」

「あああああ」

「珠希！」

「あああ。ガ、ガニ股珠希。ガニ股珠希イイィン。ああ、気持ちいい。あああ」

籐椅子に、半分仰向けにずり落ちたような体勢で、珠希は尻をふり、自分からも亀頭に媚肉を擦りつけてくる。

フンフンと、その鼻息もまた荒くなった。

いつも優雅で上品な人が、今このときばかりはセックスへの渇望に我を忘れる。

クールな美貌を無様にゆがませ、口からはよだれさえはみ出させている。

そんな美熟女に、慶太は燃えた。

「おらおら。ガニ股珠希がなんだって」

――ズチョズチョグチョ！　グチョヌチャズチョッ！

「あああああ。ガ、ガニ股珠希の……ガニ股珠希のエロマ×コに……エロマ×コに慶太さんのでっかいチ×ポ挿れて」

「なにを挿れろって」

「チ、チ×ポ。チ×ポおおおっ、ああ、挿れて。もう我慢できないイン」

今にも籐椅子が壊れてしまうかと思うほど。珠希は尻をふって暴れ、遠ざかる亀頭を追うかような動かしかたで前後に腰をふる。何度も腹の肉にしわを作る。

「なにを挿れろって、おい、珠希」

「チ×ポ。チ×ポ、チ×ポ、チ×ポおお。ねえ、チ×ポ挿れて。でっかいチ×ポ。慶太さんのでっかいチ×ポおおおっ」

「これのことか！」

今日も美熟女に君臨する役まわり。慶太は別人になったような気持ちになりながら、脚を踏んばり、一気に腰を突きだした。

——ヌプッ！　ヌプヌプヌプヌプッ！

「ああああ」

再奥まで、ひと息につらぬいた。

クールな美女の喉から、すべての音に濁点がついたような「あ」がほとばしる。

背すじを反らした。天に向かってあごを突きあげる。イッたのだと気づいたときには、珠希は感電でもしたかのように、細身の裸身を痙攣させはじめた。

「あう、あう。あう、あう、あう」

「もうイッちゃったのか。ほらほら、ほんとにいいのはこれからだぞ」

「うあっ。うあああっ」

ヌルヌルした狭隘な胎路にペニスを締めつけられ、もうこらえがきかなかった。

珠希はまだなおその身を痙攣させ、アクメの多幸感に浸っていたが、慶太は腰をふり、カリ首を膣ヒダに擦りつけはじめる。

……グチャ。ずるちょ。

(気持ちいい！)

「あああ。あああ、すごい。奥までチ×ポが。でっかいチ×ポ。でっかい。でっかい。でっかいでっかいうあああ」

「はぁはぁ。はぁはぁはぁ」

白い内ももに指を食いこませ、体重を乗せて押さえつけながら猛然と腰をしゃくった。

そうやって拘束していなければ、本当に籐椅子がどうにかなってしまいそうだ。

……ギシギシ、ギシギシギシ！

「うあああ。刺さる。チ×ポ奥までいっぱい刺さってあああああ」

「珠希、チ×ポいいか。んん？」

肉傘とヒダ肉が擦れあうたび、腰の抜けそうな快美感がまたたいた。これは長くはもたないなとあきらめ、慶太は腰の動きにスパートをかける。

——パンパンパン！　パンパンパンパン！

「あああ、気持ちいい。気持ちいい、気持ちいい。イッちゃう。イッちゃうイッちゃうイッちゃうイッちゃう。ああああ」

「た、珠希、出る……」

「おおお。おおおおおおっ!!」

——びゅるる！　どぴゅどぴゅどぴゅ！

（おお……）

最後の瞬間は、あっけなくやってきた。

慶太は股間を熟女の秘丘に密着させ、射精の快感に身をまかせる。

……ドクン、ドクン、ドクン。

膣奥深くまで刺さった陰茎が、音さえ聞こえそうな脈打ちかたで子宮に精液を粘りつけた。見れば珠希もいっしょにイッたようだ。変な角度に上体を曲げ、白目をむいてアクメをむさぼるその姿は、見てはいけない秘密の眺めだ。

「ああ……すごい……入ってくる……いっぱい……いっぱい……んあああ……」

「珠希……さん……」

理性をとり戻した慶太は、珠希を「さん」づけで呼んだ。珠希はなおも幸せそうな痙攣をくり返し、女だけが行けるというこの世の天国でうっとりとした。

7

「珠希さんまで紹介してあげたんだから、いい加減ちゃんと仕事してよね、慶太くん」

真奈は誰にも聞こえないように耳もとでささやき、ウインクをして慶太のもとを離れた。

（まいったな）

自分の席に遠ざかっていく真奈のうしろ姿を見て、慶太はため息をついた。

今日はまた、仏画教室。

来たり来なかったりする珠希がお休みなことに、ちょっとホッとしていた。

真奈はそんな慶太に音もなく近づき、浮気調査はどうなっているのだとイヤミを言ったのである。どうやら珠希とのことは、とっくに筒抜けのようである。

（どうしたらいいんだ）

亡き姉にそっくりな律子という女性を思いだし、慶太はまたしても心の迷路にさまよいこんだ。いつまでも黙っているわけにはいかないかもしれないと、暗澹たる思いになりながら。

「あら、久しぶり」

すると、遠くで真奈の明るい声がした。

見れば誰かが引き戸を開け、生徒たちでにぎわう教室に入ってくる。

真奈には友人が多い。そのうちのひとりが久方ぶりに教室に姿を現したらしいと、慶太は察した。ふと、そちらを見る。

（えっ）

固まった。自分が見ているものが信じられなかった。

亡き姉と瓜ふたつの美熟女――律子がそこにいた。

第四章　清楚な未亡人の痴態

1

（緊張する）

はっきり言って、朝から演技のしどおしだ。手のひらにはじっとりと汗の微粒がにじみだしている。なんでもないふりをしつづけるのが、つらかった。

「…………」

慶太はちらっと、隣に立つ人を見た。

笠山《かさやま》律子、三十六歳。

律子はじっと目を閉じ、手をあわせ、古いお堂の中にいる観音様に祈りを捧げていた。

ふたりはある古刹の、お堂の前にいる。

（姉さん……）

心の中で、亡き姉を呼んだ。

律子を見ていると、いやでも三年前、三十三歳の若さで急逝した最愛の姉、麻乃を思いだしてしまう。それほどまでに、律子は麻乃と瓜ふたつである。

色白の小顔は卵形。高い鼻すじと一重の両目のとりあわせが、なんとも言えず古風な日本美を感じさせる。

烏の濡れ羽色をしたストレートの髪が、背中でサラサラと艶めかしく揺れた。わずかにうつむく細いあご。閉じたくちびるはぽってりと肉厚で、今にもふるいつきたくなる色っぽさを感じさせる。

（ばか、見るな）

律子が目を閉じているのをいいことに、慶太の視線は熟女の肢体を下降した。

神さまはなんといたずらなおかただろう。

清楚な美貌だけでなく、律子はむちむちと肉感的なド迫力ボディまでもが、すでにこの世にはいない最愛の女性を彷彿とさせた。

今日の律子は、エレガントな膝丈のワンピースを着ている。

色は上品なワインカラー。ウエストリボンで腰まわりをしぼっているため、ボディラインのセクシーな凹凸ぶりがいっそう強調されたシルエットだ。

（おっぱい大きい）

焦げつくような視線を、つい熟女の胸もとにねばりつかせた。

胸もとの生地を窮屈そうに押しあげ、たわわなふたつのふくらみがまんまるな存在感を主張している。

Gカップ、九十五センチはまちがいなくある。しかも、慶太はすでにこのとんでもないおっぱいの先に、いやらしいデカ乳輪があることも知っていた。

(思いだしちゃだめだ)

慶太にとってはわけありの友人となった、人妻の真奈。

その夫にむりやり乳を吸われる公園の森での律子を思いだし、慶太はあわてて、エロチックな記憶を頭の隅に追いやろうとした。

大迫力の巨乳。それに一歩もゆずらない、これまた息づまるほど豊満な尻。

健康的にたっぷりの脂肪を内包した、たくましい太ももの艶めかしさも、忘れようとしても忘れることができなかった。

(いかん、いかん)

キュンと股間が甘酸っぱくうずいた。これ以上は本当にまずいと小さくせき払いをし、隣の未亡人から目をそらす。

「すみません、ありがとうございました。行きましょうか」

おまいりをすませると、律子は申し訳なさそうに微笑み、慶太をうながした。

「あ。え、ええ」

(すみません、観音様)

心中で観音様に謝罪する。もう一度手をあわせ、ご本尊様に頭を下げると、律子につづいて古い本堂を離れた。

(それにしても、まさかこの人も仏画教室の生徒だったなんて)

楚々とした挙措で境内を歩く未亡人の横顔をさりげなく見つつ、慶太は感慨にふけった。

よけいなことを真奈に報告しなくてよかったと、あらためて胸をなで下ろしながら……。

2

慶太の通う仏画教室に、いきなり律子が姿を現したのは一カ月前のことだった。

仲むつまじく真奈とやりとりをする律子を見て、慶太はパニックにおちいった。

なにしろ真奈にとって、律子はこっそりと探しつづけるにっくき泥棒猫。見つけたらただじゃおかないと、口にするほどうらんでいる、夫の浮気相手なのだ。

もっとも、それはたぶんに真奈の思いこみだった。

正確に言うなら律子は、真奈の夫のアプローチに困惑していた。

一方的に執心しているのは真奈の夫の修平であり、律子にその気はないことが慶太にはわかっている。

律子が最愛の亡姉に瓜ふたつという特別な女性であることもあり、夫の浮気調査を命じられながら、慶太はその結果を依頼人である真奈には言えずにいた。

だが言わずによかったと、仲よさげにニコニコと話をする真奈と律子を見て、あのとき教室でも慶太は思ったのであった。

真奈と律子は仏画教室で知りあった友人同士。社交的な真奈には何人もの友だちがいるが、律子もまたそのひとりだった。

真奈が探しつづけるにっくき相手は、すぐそばにいたのである。

久しぶりに出席した教室で、慶太に気づいた律子は顔色を変えた。

しかし慶太はアイコンタクトを送り、教室が終わったあと律子とふたり、駅前のカフェで話をした。包みかくさず、ことここにいたる事情を律子に話した。

納得した律子はあらためて真奈への罪悪感を口にしつつ、修平には本当に困惑しているのだと慶太に告白した。

これまでに二度ほど真奈に招かれ、自宅を訪ねたことがあるという。

それが契機となって修平は律子にひとめぼれをし、真奈には内緒でアプローチをしてくるようになったようだ。

——安心してください。真奈さんには悪いけど、俺の見たこと、あの人に報告するつもりはないですから。

カフェで言うと、律子は何度も感謝を口にした。

自分はあなたの味方だという慶太に少しずつ心を開くようになった律子は、それからチャットなどで、慶太にいろいろと話をするようになった。

そして慶太は、天にも昇るような心地のまま、律子に関するさまざまなことをこの一カ月の間に知ることになったのであった。

律子は三年前に病気で夫を失った。失意に暮れ、光に導かれるように神社や仏閣を訪ねるようになったすえ、仏画教室に通うようになったという。

——前を向いて歩かなきゃって思っているんです。主人だって「もうそろそろ俺を忘れて先に行けよ」って思っているはずなんです。でも、なかなか思うようにいかなくて……。

律子は慶太にそう語った。

仏画教室でさまざまな仏さまを描くことは、律子にとっては心の社会復帰のためのメソッドのようなものだと未亡人は思っていた。

一年前からはじめたという観音霊場めぐりも、あともう少しで終わるというタイミング。それでもなかなか亡夫を忘れられないというせつない想いを、律子は慶太に訴えた。

律子が慶太に心を開いたのは、慶太もまた、未亡人と似たような境遇であることが大きかった。

慶太は自分もまた、姉を失ったことでショックを受け、心の彷徨の果てに同じ教室にたどりついたことを律子に話した。

もちろん、亡き姉をひとりの女性として特別視していたことまでは打ちあけなかったが、律子はそんな慶太の告白にもさらに親近感をおぼえたらしく、ふたりはあっという間に心の距離を縮めあったのだった。

そんな慶太が、

――よかったら俺、車出しますよ。いっしょに霊場めぐりをさせてください。

と申し出ることになったのは、当然の流れだったのかもしれない。

真奈への罪悪感はさらに強いものになったが、律子とお近づきになれたことに、慶太はやはり、舞いあがっていた。

そして律子は、慶太の提案をもうしわけなさそうに受けいれ、こうして慶太は未亡人とふたり、休日の霊場めぐりをすることになったのである。

「あの、吉浦さん」

山門を出て、駐車場に向かおうとしたところで律子に声をかけられた。

朝から三カ所、寺をまわる予定でここまで来た。あと一カ所まわったら、今日の巡礼も終わりである。

「は、はい」

慶太は足を止め、未亡人を見た。

楚々とした美貌の熟女は、とまどった様子でぎこちなくうつむく。

「どうしました」

心配になって慶太は聞いた。律子の美貌には、あきらかに狼狽の色が濃い。

「あの……すみません。うぬぼれているとか、そんなつもりはぜんぜんないんです。誤解なさらないで」

言おうか言うまいか、この期に及んでもためらっている。

だがそれでも、律子は自分に発破をかけたように、柳眉を八の字にして慶太を見る。

「どうして……そんなに私を気になさるんですか」

「えっ」

律子の質問に慶太は絶句した。

「どうして……どうしてそんな、悲しそうな目で私をご覧になるの」

「律子さん……」

気づかれないようにしていたつもりだったが、ばれていたのかと、穴があったら入りたい気持ちになった。

ただ「いやらしい目」ではなく「悲しそうな目」と思ってくれていたらしいことが、せめてもの救いだ。

「いや、あの……」

慶太はうろたえた。

答えを求めるようにこちらを見る律子を正視できない。

長いこと、慶太はどうしようかとまどいながら、その場にたたずんだ。

「聞いてはいけませんでしたか」

慶太の様子に、律子はうろたえたようだ。

悪いことをしてしまったというようにモジモジとし、後悔している表情になる。

今日もずっと、車の中やランチの席、訪ねた寺院などで、いろいろなことをふたりで語らった。

話せば話すほど、親密さが増した。そんなふたりの間に、ここまで緊張した空気が流れたのは、教室ではじめて目と目があったとき以来である。

「いえ、そんなことは」

不安そうにこちらを見る律子に、慶太は言った。もう打ちあけるしかないなと、覚悟を決めた。

「じつは、まだ話していなかったことがあるんです、律子さんに」

「……えっ」

しぼりだすような声で言うと、熟女は目を見ひらいた。

「話して……いなかったこと」

「ええ」

慶太はうなずき、律子を見た。

「こんなことを言ったらどう思われるかわからないけど」

慶太は緊張しつつ、律子に言った。

「お話しします、まだ話せていなかったことを」

3

（やっぱり言わなきゃよかった）

ハンドルを握りながら、苦い思いで慶太は悔いた。つい先刻、律子に言われた言葉が、今でも深々とハートの芯に突きささっている。

――もうこれきりにさせてください。

慶太の告白を聞いた律子は、長いこと押しだまっていたが、やがて決心したように、そう言ったのであった。

驚いて、どうしてですかと狼狽する慶太に、律子は言った。

――慶太さんが悲しそうな目をする理由が私にあるんだってわかったからです。私は慶太さんのお姉さんにはなれません。慶太さんが私の中にお姉さんを見ているんなら、私はいないほうがいい。だって慶太さん、これじゃいつまで経っても前に進めませんよ。

心中でため息をつき、慶太は思った。まさに、グーの音も出なかった。

（たしかに図星だ）

――ひどいことを言うって思わないでくださいね。

律子はそうも言った。

――私自身、夫を忘れなきゃって苦しんでいるからです。そんな私だからわかるんです。私がそばにいたら、慶太さんはいつまでも成長できないって。

（でも、このまま別れるなんてできない）

ハンドルを握る指に力が入った。律子の希望で霊場めぐりをやめ、近くのＪＲの駅まで送りとどけることになっている。

参拝をすませたばかりの古刹は、山の中腹にあった。

右へ左へと曲がりくねる山道を、ふたりを乗せた車は走っている。あと十分も走ったら山を下り、駅に到着するはずだ。

（いやだ。いやだ）

朝からずっと、いや、正確に言うなら律子と話をするようになってからずっと、スマートでものわかりのいい大人の男のふりをしつづけた。

もちろん嫌われたくなかったからだが、思いもよらない形で、ご神仏は慶太と律子に別れを用意しようとしている。

「…………」

運転をしながら、助手席の律子をチラッと見た。

清楚な熟女は、先ほどまでただよわせていたどこかリラックスした雰囲気を一変させ、硬い顔つきで窓外の景色に目をやっている。

(最低だ、俺)

「あっ……よ、吉浦さん」

自己嫌悪におちいりながら、山道を脇にそれた。その先になにがあるのかなんて、もちろんわからない。だが、このまま未亡人を駅に送りとどけることなど、できようはずがない。

わかっている。これがおろかな執着心だということは。だが慶太は、もう二度と麻乃を失いたくなかった。

「吉浦さん、どこに行くんですか」

両脇に深い木立が連なる細い道を走る。律子は困惑して慶太に聞いた。少し走ると、車を停《と》められる小さなスペースが道の脇にあった。

「り、律子さん」

「きゃああ」

そこに車を停めた。

シートベルトをはずすと、慶太は紳士の仮面をかなぐり捨てる。おびえた様子でこわばる、助手席の律子に抱きついた。ぽってりと肉厚な朱唇を強引に奪う。

「んむぅ……ちょ……吉浦さん……んんぅぅ……」

「律子さん、ごめんなさい。わかっています。こんなことしちゃいけないって。でも」

「んんンッ……」

……ピチャピチャ。ちゅぱ。れぢゅ。

(ああ、くちびる、やわらかい)

いやがって左右に顔をふろうとする、未亡人に有無を言わせなかった。

ギュッと両目をつむり、悲痛にうめく律子のくちびるに口を押しつけ、舌まで口中に挿しこもうとする。

「んんっ、いやです、やめて、吉浦さん」

「お願い。お願いです、律子さん。二度とこんなことしません。約束します」

禁忌な行為をつづけつつ、慶太は言った。律子は歯を噛みしめ、舌の侵入を許さない。

「約束します。もう二度と律子さんには近づかない。ほんとです。でもその代わり、一度だけ……今日だけでいいんです。姉さんだと思わせて」

「——っ。よ、吉浦……あっ……」

驚いたようにこちらを見る、律子の表情に変化があった。どうしたんだろうと思っていると、未亡人の頬にぽたりと雨滴のようなものが落ちる。

（あっ……）

慶太は気がついた。それはもちろん、雨粒などではない。涙である。気づけば慶太は、不覚にも目から涙をあふれさせていた。

「吉浦さん……」

力のかぎり暴れていたはずなのに、律子は動きを止めた。どうしたらいいのかわからないという顔つきで、眉根にしわを寄せてこちらを見あげる。

「ご、ごめんなさい。なにやってんだ、俺」

だいの大人が落涙などしてしまい、猛烈に気恥ずかしい。あわてて涙をぬぐい、鼻をすする。鼻の奥が、ツンとした。

「吉浦さん、あの——」

「今日だけでいいんです。お願い、俺の姉さんになってくれませんか」

涙をこらえて、慶太は言った。

哀訴する声は無様にふるえ、言葉尻が跳ねあがる。

「ううっ……」

律子は目を見ひらいて、そんな慶太を見つめ返した。

「ずっとずっと、好きだったんです。子供のころから。もちろん、言えなかった。未来永劫《えいごう》、言えなかったと思います。でも、あんな別れかたをするってわかっていたら……」

「吉浦さん……」

あふれだす慶太の言葉は裏返り、跳ねあがった。鼻翼がヒクヒクと開閉するのがわかる。ポタリ、ポタリと、降りだしたばかりの夕立のように、涙のしずくが未亡人の頬をそっとたたく。

「好きだって言っておけばよかった。正直に言います。姉さんとエッチなことだってしたかった。だって好きだったんです。好きで好きでたまらなかった。好きな人とエッチなことがしたいと思うって当たり前のことですよね。違いますか」

最後はもう言葉にならなかった。違いますか、と言ったつもりだが、意味をなさなかったかもしれない。

「ああン……」

「お願いです。お願い」

慶太は窮屈な体勢で律子に抱きつき、嗚咽《おえつ》した。神に誓って、演技などではない。むしろ、日がな一日つづけてきた演技はすでにやめていた。

慶太は泣いた。久しぶりに泣いた。

前に泣いたのも、麻乃を思ってだったことに気づいて、胸がキュンとなる。

（あ……）

やがて、温かなものが慶太の背中にまわった。律子の腕だ。未亡人もまた、窮屈な格好のなか、慶太に両手をまわし、やさしく慶太を抱擁した。

「私と……うぅん……お姉さんと……エッチがしたいんですか」

恥ずかしそうに、だが、律子にも似合わぬ大胆さで、未亡人は慶太に聞いた。

「くぅ……」

答えの代わりに、慶太はさらに強く律子をかき抱き、そして泣いた。

長いこと、さらに泣きつづけた。

そんな彼の背中を、まるで子守歌をうたう母親のように、律子は癒《いや》しに満ちたスローなテンポで、何度もそっとやさしくたたいた。

「約束してください」

やがて、律子は言った。

「本当に今日一度だけのことだって。そして、絶対に誰にも言わないって」

慶太は顔をあげ、律子を見た。

律子は困ったように微笑し、慶太の目の縁をやさしくぬぐう。

「約束してくれるなら」

緊張した顔つきで律子はささやいた。

「今日一日だけですよ。私……あなたのお姉さんになってあげる」

4

「ああ、姉さん……姉さん」

姉さんと呼んでいいと、律子から許可をもらっていた。そう呼ぶことで、亡き姉に対する燃えあがる想いは、いかんともしがたくなっている。

「んあっ、あっ、ちょ……吉浦……け、慶ちゃん……ハァン……」

律子には、自分を慶ちゃんと呼んでもらうよう頼んでいた。

慶太はさっきから泣きそうだ。本当に麻乃が戻ってきてくれたような思いを禁じえない。あれほど求めたいとしい人が、今たしかにここにいる。

「あっ、いや、はう、はあぁ……」

「はぁはぁ……姉さん、姉さん、んっ……」

……ピチャピチャ。ちゅぱ。

「んああ、いや……困る……あああ……」

ようやく探しあてたさびれたラブホテル。平成どころか昭和の古さではないかと思える古色蒼然としたラブホテルは、山の麓《ふもと》にあった。

新しい道が開通したことで、誰も通らなくなってしまった県道にホテルはあった。いまだに営業していることが信じられないようなホテルだったが、作りこそ古いものの、掃除は行きとどいている。

慶太と律子は、そんな昭和レトロなラブホテルの一室にいた。

円形の大きなベッド。四方の壁どころか、天井までもが鏡張り。昭和のことなどなにも知らない慶太は、なんだか自分が生まれる前の世界にでも来てしまったような錯覚にとらわれながら――。

「はあん、いやン、だめ、あっ、ハアァ……あっあっあっ……」

夢にまで見た疑似姉の白い肌に、舌の雨を降らせていた。

「あぁン、だめ、恥ずかしい……あっ、んはぁ……」

「はぁはぁ。おお、姉さん、んっんっ……」

すでに順番にシャワーを使い、ベッドに横たわっている。湯あがりのふたりはそれぞれの裸身に、白いバスタオル一枚を巻きつけただけの姿である。

――いっぱい、身体を舐めてもいいですか。

プレイをはじめる前、慶太は律子にそうねだった。

――ど、どうしてそんなことを。

律子はとまどい、恥じらい、いっぷう変わった慶太の求めに声をうわずらせた。

そんな未亡人に、慶太は誰にも言えない秘めやかな思い出話をした。

まだ小さかったころのこと。台風がやってきた夜だったと記憶する。

慶太はおびえて眠れなかった。いつもは別々に寝ていたが、姉のベッドにもぐりこみ「怖いよう、怖いよう」と窓ガラスをたたいて揺らす嵐にふるえた。

――大丈夫。ほら……。

すると麻乃は、幼い弟をやさしく抱きしめ、ほっぺたをペロペロと舐めてくれた。長い時間。何度も何度も。

　いとおしげに慶太を抱きしめ「怖くない、怖くないよ」とささやき声で言いながら、弟を抱きしめ、頬を舐めつづけた。

もちろんまだ精通などしていない、幼い日のことだ。だがその夜の、なんとも言えないドキドキとした感覚、そしてなぜだか異常にムズムズした自分の身体のことを、今でも慶太は昨日のことのようにおぼえていた。

白状するなら精通したあとは、そのときのことを思いだして自慰にふけった時期もある。それほどまでに、誰にも言えない秘めやかなものとともに、あの夜の記憶は慶太の一部になっていた。

――あのとき、思ったんです。僕もお姉ちゃんを舐めてみたいって。

恥じらいながらも、慶太は律子に説明した。

どうしてそうなるのかと言われても、うまく説明できない。

しかし姉がしてくれたことを、自分もまたいとしいその人に思う存分してみたいと思うと、思春期を迎えたころの慶太は、人知れず股間をいきり勃たせ、胸を躍らせずにはいられなかった。そんな誰にも言えずに来た淫靡な欲望を、今慶太は疑似姉を相手に果たしている。

「あぁン、だめぇ……恥ずかしい、恥ずかしい……あっ……ヒィン……」

「はぁはぁ。はぁはぁはぁ」

ねっとりとした接吻につづき、頬を舐め、鼻の下を舐め、あごを舐め、首を舐め、うなじを舐めた。つづいてむきだしのまるい肩をふたつとも舐め、二本の腕も、指の一本一本にいたるまで、しゃぶりつくす。

「ああ。姉さん……」

「いや。どうしよう。困る。きゃあ……」

慶太は律子からバスタオルをむしりとった。未亡人の艶やかな裸身が、ついになにひとつさえぎるものとてなく、慶太の眼下に露出する。

(うおおおっ!)

「んあぁ、だめ、恥ずかしい……」

エロチックなイメージプレイに協力すると言ったものの、やはり恥ずかしさはいかんともしがたいようだ。

部屋の明かりは落としていたが、闇に慣れた目はお互いに、相手の姿をはっきりとらえている。あの日、公園の森で盗み見た魅惑の肢体があのとき以上の生々しさですぐそこにある。

むちむちと肉感的な体つき。闇の濃さをはね返すような色の白さはやはり特筆に値する。仰臥《ぎょうが》した熟女の胸もとで、小玉スイカを思わせる巨乳がたゆんたゆんと揺れている。

息の荒さを物語るかのように、へそとともに白い腹部が盛りあがったりへこんだりした。

目にするだけで息づまり、股間が甘酸っぱくうずく眼福ものの絶景。

しかし慶太の目を釘づけにさせたのは、今回はじめて見ることのできた律子の局部である。

（ご、剛毛！）

そう。未亡人のヴィーナスの丘は、清楚な美貌からは想像もできなかった生々しさ。白い恥丘いっぱいに、びっしりと縮れた秘毛が生えしげっている。

奥ゆかしさあふれる上品な顔立ちや優雅な身ごなしと、モッサモサの縮れ毛のギャップはありえないいやらしさ。

慶太は脳みそが一瞬にして、ボンッと粉砕したような激情をおぼえた。

こんなデリシャスなごちそうは、今まで口にしたことなど一度もなかったと、あらためて泣きそうになった。

5

「はぁはぁ……もう許して。許してください。ハアァン……」

それからなんと三十分も、慶太は律子の裸身をペロペロ、ペロペロと舐めまわした。マングローブの森さながらのいやらしさを見せる局部以外は、すでにどこもかしこも慶太の唾液でドロドロのベチョベチョになっている。

(やっぱり、すごく敏感な体質なんだな)

身体のあちこちをとことん舐めしゃぶりつくすうち、慶太はいやでもその事実をあらためて確信していた。

真奈の夫に強引に求められていたときも、意外に感じやすい体質らしいとは気づいていた。そして今日も、慶太が湯あがりの肌に舌を這わせるたびごとに、熟女はビクン、ビクンと裸身を痙攣させ、そのたび恥じらって両手で顔をおおったり、いやいやをしたりした。

そして、

——か、感じやすいんです。もっとふつうにしていたいのに、ごめんなさい。

お姉さんは、こんないやらしい身体じゃなかったと思います。ああン……。

そう言って自分を卑下し、楚々とした美貌を苦悶にゆがめた。

ただ感じやすいと言うだけでなく、そんな風に羞恥にふるえ、顔を真っ赤にする風情にも、慶太はそそられた。もしかしたら姉もまたこんな体質だったのではないかと思うと、さらに股間がキュンとしびれた。

とりわけ感じかたが派手だったのは、やはりおっぱいと腋窩《えきか》、そして肛門だ。無限に変形するゼリーさながらにうねる乳房をモニュモニュと揉み、デカ乳輪や乳首に舌を擦りつけるたび、律子は「ああ、あああ」と感極まった声をあげ、裸身をのたうたせた。

万歳の格好を強制し、腋《わき》の下に水だまりができるほどピチャピチャと舐めて穢《けが》したときも「許して、許して、だめだめ、あああ」と、やはり律子とも思えない声をあげ、軽く何度も熟女は達した。

四つん這いにしてアヌスを舐めると何度もベッドに吹っ飛び、尻と太ももをふるわせてつっぷした。しつこく舐めるたびヒクヒクと開閉し「いいの、いいの、これいいの」とでも言っているかのように慶太の唾液を飛びちらせる肛門の卑猥さを、たぶん一生、慶太は忘れない。

（最高だ）

律子の感じかたに、慶太はさらに狂おしく燃えあがった。

やはり姉もこんな敏感な体質で、しかも乳房はデカ乳輪。股のつけ根にはもっさりと剛毛繁茂をしのばせていたのではないかと確信するようになっていた。

「ああ、姉さん」

「あああ。いや。いやいや。あああ……」

残るは股のつけ根に裂けた卑猥な淫華だけになった。慶太は清楚な熟女をマングリ返しの体位にさせ、女体のもっとも恥ずかしい部分を食い入るように見る。

「んあァン……」

開かせた太ももの間から見える律子の美貌は、もはや真っ赤である。陰毛は豪快だ豪快に生えた縮れ毛の下方に、陰唇がくぱっと扉を開いていた。

が、女陰のほうはこぶりでつつましやかである。

だがつましいたたずまいではあるものの、当然のように淫肉はねっとりと濡れそぼっており、ピンク色をした粘膜はヌメヌメとあだっぽいぬめりに満ちている。

「んっ……」

……ピチャピチャ。

「うあああ。ああン、だめ。だめだめだめ。あああ」

「慶ちゃん、だめって、姉さん、慶ちゃんって、んっんっ……」

……ピチャピチャピチャ。

「あああ。け、慶ちゃん、だめだめ。許して。お願い。ああ、そんなことされたら、お姉ちゃん、あっあっ、あああああっ」

（幸せだ）

律子はとり乱しかけたものの、あわてた様子でプレイに戻った。そんなきまじめな姿にも、慶太は好感を抱いた。

やはりこの人はそうとう敏感だ。ぬめる肉裂に舌を突きたて、上へ下へとねちっこく舐めまわせば、そのたびビクビクと、ふたつ折りにした裸身を痙攣させる。

蟻《あり》の門渡《とわた》りを舐め、またもアヌスを舐めてクリトリスまでズルズルと舌を這わせれば「あああ、あああああ」とすべての音に濁音がついたようなとんでもない声であえぎ、宙に浮いたままの両脚を派手に暴れさせる。

「ああ、姉さん、うれしいよう、うれしいよう。んっんっ……」

「うああ。あああああ」

何度もクリスリスから肛門へ、肛門から恥裂、クリトリスへと舌の刷毛《はけ》を往復させ、べっとりとなまぐさい唾液まみれにした。

エレガントな熟女は人には見せられない恥辱のポーズのまま我を忘れ「うああ、うあ、うあああ」とケモノのように泣いてくれた。

そんな未亡人の乱れかたがさらに一段階あがったのは、媚肉にクンニをしながら指先で肛門をほじりはじめたときだ。

……ほじほじ。

「ああああ」

……ほじほじ。ほじほじほじほじ。

「うああ。ああ、いやあ。どうしよう。困る、困る。うあああ」

「おお、姉さん……」

明らかに歓喜と興奮のボルテージがあがり、両脚を派手に暴れさせた。

天に衝きあげた大きな尻をプリプリとふり、誰はばかることなく卑猥な嬌声を張りあげる。

「うああ。慶ちゃん、そんなことしたら、お姉ちゃん、お姉ちゃん、あああ」

「姉さん、感じて。いっぱい感じて。ああ、したかった。こういうことしたかった。姉さん、姉さん、んっんっ……」

……ピチャピチャ。れろれろれろ。

「あああ。あっあああああっ！」

……ビクン、ビクン。

「ああ、姉さん……」

ついに律子は、本日最高の絶頂に突きぬけた。あられもない嬌声を張りあげると肩まで浮かせて昇天し、そのまま背中と脚を思いきりベッドに投げだした。

6

「はぁはぁ。はぁはぁはぁ」

「姉さん、すごい……」

自分の唾液のせいだとばかり思っていたが、どうもそうではないようだ。汗である。律子はいつしか全身に、汗の微粒を噴きださせていた。

湯あがりのとき以上に紅潮するきめ細やかな美肌は、噴霧器で霧でも吹きつけたようになっている。

「あぁン……」

荒い息をつく熟女を仰向けにさせた。

自分の身体からバスタオルをとると、やる気満々にエレクトした肉棹が、ししおどしのようにしなって天を向く。

「――っ。ああン……」

それを目にした律子は、あきらかに動揺した。あわててそらした視線を虚空に泳がせる。それほどまでに、慶太の巨根は獰猛な様相を呈していた。

おそらく律子の度肝を抜く大きさ。まがまがしい一物はビクンビクンと痙攣し、生殖への渇望を隠そうともしない。

「姉さん」

「け、慶ちゃん、アン……」

汗に濡れた裸身を仰向けにさせ、そっとおおいかぶさった。じっとりと湿る女体は、不意をつかれる熱さを感じさせる。

いよいよ挿れるつもりだと、律子もすでに察しているようだ。艶めかしく濡れた両目でこちらを見る。片手を伸ばし、慶太の頰を撫でた。

（ああ……）

なんともグッときてしまう。麻乃がいた。ああ、姉さん、と泣きそうになる。

自分はこれから、この最愛の姉を思うがままに犯すのだ。

「姉さん……」

「きゃん」

ペニスを手にとり、亀頭を膣穴に押しつけた。濡れた膣穴は「早く早く」とでも言うかのように収縮し、何度も亀頭を締めつける。

「おお、姉さん」

──ヌプッ！

「うあああ」

「くぅ、せまい……」

──ヌプッ！　ヌプヌプヌプヌプッ！

「あああああ」

……ビクン、ビクン、ビクン。

(ああ、いやらしい)

肉棒を奥まで突きさしただけで、あえなく熟女はまたも達した。

そんな自分を見られることを恥じらうように、紅潮した美貌を左右にふり、ギュッと目を閉じ、くちびるを噛む。

「うぅ、うぅ」

（たまらない）

恥ずかしがる姿に、牡の悦びをおぼえた。

亡き姉に瓜ふたつ。しかも肉体の感度は、まさに痴女並み。そのうえこの人は、なんとも色っぽく、そしてかわいく恥じらってくれる。

（最高だ、本当に）

「おお、姉さん、愛してる。愛してる」

……ぐぢゅる。

「あああ。け、慶ちゃん、慶ちゃん、いや、すごい奥まで……あああぁ」

「はぁはぁ。はぁはぁはぁはぁ」

慶太は万感の思いで、極太の抜き挿しを開始した。

（こ、これは）

陰茎をもてなす胎肉の快さに慄然《りつぜん》とする。ただ狭苦しいだけでなく、この蜜壺《みつつぼ》はとんでもない猥褻さを有していた。

擦りつけられるカリ首に歓喜するかのように、ヌメヌメした膣道がたえまなく波打つ。蛇腹さながらの細い胎路が、精子をねだるように強く、弱く、緩急をつけて蠕動《ぜんどう》した。ペニスをしぼりこまれるたび、慶太はたまらず鳥肌を立てる。

「姉さん、気持ちいい」

「慶ちゃん、慶ちゃん、うあああ」

気持ちいいのは律子も同じのようだ。なにしろこの敏感な身体である。

もっとも感じる部分を肉スリコギでほじくり返させる快感には、たまらないものがあるだろう。

7

「ぬうぅ……」

……バツン、バツン。

「あああ、ど、どうしよう、慶ちゃん。私、うああ、あああああ」

本能に衝きあげられるまま、腰の動きを激しくした。

ヒダの凹凸に鈴口を擦りつけ、膣奥深くまでつらぬいて子宮をぐちゃりとえぐりこむ。

牝《めす》の性器は大喜びなのかもしれない。子宮が波打ち、キュッと亀頭を包んでしぼる。これは長くはもたないと、あわてて肛門を締めた。射精の誘惑にあらがいながら、慶太は観念する。

「姉さん、気持ちいい。たまらない」

「ハァァン……」

やわらかな乳房を鷲づかみにし、心のおもむくまま、グシャグシャと揉みしだいた。

勃起した乳首を、ふたつともはじいて擦りたおす。

片房にむしゃぶりつき、もうひとつの乳房を揉みしだきつつ、ちゅうちゅうと吸えば、もはや熟女は演技などしていられない。

「うあああ。どうしよう。か、感じちゃう。吉浦さん、ごめんなさい。感じちゃう、感じちゃう。吉浦……け、慶ちゃん、慶ちゃん」

「いいですよ、もう演技は。感じて、律子さん、いっぱい感じて」

さすがに最後まで、姉のつもりでやってくれとは言えなかった。

自分でも意外だったが、むしろうれしくもある。わが男根でここまでとり乱させていることに、慶太はちょっとした誇らしさをおぼえた。

「律子さん、そろそろイキます」

――パンパンパン！　パンパンパンパンパン！

「ああ、吉浦さん、いやあ、どうしよう。き、気持ちいいです。気持ちいいの。うああ。あああああ」

「おおお……」

いよいよ慶太のピストンは、フルスロットルになる。汗みずくの裸身をかき抱き、肌と肌を密着させて、怒濤の勢いで腰をふる。

――グチョグチョグチョ！　ヌチョヌチョヌチョ！

「あああ、すごいの。すごい、すごい。奥まで来てる。すごい奥まで。あああ」

熟女の声が妖しくうわずり、跳ねあがった。

「律子さん」

「吉浦さん、もっと、もっとしてください。お願い、お願い。ああ、すごい。いやあ、恥ずかしい。恥ずかしいけど、気持ちいいの。とろけてしまいます。うああ。あああああ」

「はぁはぁはぁ」

性器が擦れあう部分から、信じられないほど下品な粘着音がひびいた。

しかも律子は慶太の動きにあわせ、自らもいやらしく腰をしゃくって股間をぶつけてくる。

「律子さん、いいですか。俺のチ×ポ、いいですか」

「い、いいの。すごくいいン。ああ、こんなこと言っちゃいけないのに。私ったら。でも、でも……ああ。あああああ」

「も、もうイキますよ！」

「あああああ」

慶太は狂ったように腰をふり、膣奥深くまで亀頭をたたきこむ。

「うああ。うあ、うあ、うああああ」

律子はちょっとしたトランス状態だ。

もはや完全に、慶太の知る未亡人ではない。

痴女だ。

この人は体質が敏感どころの騒ぎではなく、痴女認定してもよさそうである。

「ぎもぢいい。ぎもぢいい。おがじぐなる、おがじぐなる、うああ、あああ」

(興奮する)

清楚な熟女の信じられない痴態に、慶太は燃えた。日ごろの挙措や笑顔が楚々としてで奥ゆかしいぶん、なにもかもかなぐり捨てたケモノの様相は破壊力抜群だ。

もっとよがり狂わせてみたい。もっともっと、この人の痴態を見てみたい。

だが、本能がそれを許さなかった。決壊の瞬間は、あえなく来た。

（イ、イクっ！）

「あああ、イグッ。イッぢゃう。イッぢゃうイッぢゃうイッぢゃうイッぢゃう。うああ。うあああああ」

「律子さん、出る……」

「うおおおっ。おおおおおおっ!!」

――どぴゅどぴゅどぴゅ！　びゅるる！　ぶぴぶぴぶぴぴっ！

（ああ……）

恍惚のいかずちに脳天からたたきわられた。慶太は脳髄を白濁させ、全身をペニスにしてエクスタシーに酔いしれる。

（気持ちいい）

まちがいなく、生涯最高の射精に思えた。魂が揮発し、天空高く吸いこまれていくような気持ちになる。

……ドクン、ドクン。

「はあぁ……は、入ってくる……温かい……はう、はあぁ……」

「……律子さん」

未亡人もまた絶頂へと突きぬけたようだ。慶太とひとつにつながったまま、裸身を痙攣させる。身体のふるえは、なかなかやまなかった。

長かった射精が終わっても、まだなおビクビクと痙攣し、うっとりしきった顔つきで、この世の天国に酩酊《めいてい》した。

「律子さん……」

「あぁン……」

アクメが一段落するや、慶太は膣から陰茎を抜いた。

爆発を終えた剛棒は、まだなおギンギンと硬度と大きさを保っている。

「だ、だめ。見ないでください。いや……」

「おお、エロい……」

脚を閉じようとする未亡人を、慶太は許さなかった。

強引にM字開脚を強要し、射精を終えた膣を凝視すれば、コンデンスミルクさながらのザーメンが、ドロリ、ドロドロと、あふれだしてくる。

「ああ、すごい……」

「いや、見ないでください。恥ずかしい」

（かわいい）

慶太は甘酸っぱく胸をうずかせた。

律子は両手で顔をおおい、今にも泣きそうな様子で羞恥を訴えつつ、いやいやとかぶりをふっている。それなのに両脚はガニ股だ。

しかもド迫力の剛毛繁茂はぐっしょりと濡れそぼり、蓮《はす》の花状に開花した淫肉は精子とは違う白い汁をワレメの周囲にべっとりとねばりつかせている。

かてて加えて大量のザーメンだ。征服の証の精液が、あとからあとからあふれだしては布団にしたたった。

「あ、あれ」

そのときとつぜん、円形のベッドが回転しはじめた。

ゆっくりと、ゆっくりと。

スイッチを押したわけでもないのに、さすがは骨董品レベルということか。ことを終えたふたりは言葉もなく、まわるベッドで乱れた息をととのえた。

これで律子とは、もうおしまい。そう思うと、複雑な気持ちになった。

行為は一回きり。なにがあろうと、二度とは決して求めない。そう約束したうえで望んだ淫靡なひとときだ。

（律子さん……）

だが、脚を開かされたまま顔をおおう熟女を見ていると、慶太は満足感と同時に、なんだかやるせない思いにさいなまれた。

8

「やった……」

その夜。ひとりの人妻が、リビングルームで小さく声をあげた。

真奈である。

手には、夫のスマートフォンが握られていた。

何日も何日も、チャンスが来るたび人妻は、夫が入浴している間にスマホのロックを解除しようと挑みつづけた。

そして思いついた数字の並びを今夜も片っぱしから入力したところ、ようやくスマホの画面が開いたのである。

目的など言うまでもない。夫の浮気相手が誰なのかをしめす証拠が、チャットやメールのやりとりに残っていないかと考えてのことだ。

「急いで。早く、早く……」

バスルームからは、修平がシャワーを使う音が聞こえていた。

あとしばらくは大丈夫なはずだが、真奈は生きた心地がしない。大急ぎでチャットアプリを開き、そこに並ぶ友だちをチェックしていく。怪しげな人物のトークルームを開いてたしかめるが、真奈の探しもとめる相手ではない。

「えっ……」

そんなときだった。思いがけない人物の名が、友だちの中にあることに真奈は気づいた。

どうして夫がこの人とつながっているのかと、思わず眉間《みけん》にしわが寄る。夕立雲さながらのどす黒いものが、臓腑の奥からじわり、じわりと湧きあがった。

いやな予感がした。見るのが怖い。

だが真奈はありったけの勇気をかき集め、夫とその人の会話を表示した。

第五章　汗まみれの人妻

1

「まあ、すごい。きれいな色に塗れてる」

慶太の描く仏画をのぞきこみ、色っぽい笑顔で言ったのは和田珠希である。クールな美貌と、スレンダーな肢体が印象的なバツイチ熟女。日本画も洋画もお手のもので、慶太など足もとにも及ばないアートの才に恵まれている。

慶太の作品を見つめる横顔は、相変わらず高貴な美しさを感じさせた。

珠希のアトリエでムフフな体験をしてしまったことは、人には言えない内緒の話である。

「そ、そうですかね……」

慶太は恥ずかしくなって、頭に手をやった。

仏画を習いに来なければ、お近づきになることもなかった別世界の熟女。そんな珠希に誉《ほ》められると、なんだか尻がむずがゆくなる。

慶太はまた教室にやってきていた。教室には大勢の生徒が参集し、今日もそれぞれの作品と真剣にとり組んでいる。

写仏のステップを終えた慶太がチャレンジしはじめたのは、色紙を使っての彩《さい》色《しき》だ。下絵にしたがってお手本の観音様を色紙に写し、墨を使ってまずは白描図を完成させる。

白描図を書き終え、墨が完全に乾いたら、いよいよ彩色のスタートだ。

何枚も何枚も、ときには自宅でまで和紙に写仏をし、練習をかさねたすえに、ようやく師匠から「そろそろ色紙をやってみようか」と許しを得た。

最初は泣きたくなるほど無様な線しか描けなかった慶太だが、よくしたものでトライをつづければつづけるほど、その線は安定したものになり、太いところは太く、細いところはしっかりと細い線が引けるようになってきている。

まさに満を持して、という感じではじまった色紙での仏画彩色。

生まれてはじめてあつかう水干《すいひ》絵具の難しさもあり、ハードルは高く感じられたが、平野師匠の指導のおかげで、なんとか順調に彩色を進められている。

それにしても、日本画の絵具がここまで面倒なものだったとはと、慶太は思っていた。

仏画の彩色は膠《にかわ》を溶かすことからはじまる。絵具そのものに接着効果がないため、絵具に膠の溶液を混ぜなければならないのだ。

さらに、絵具そのものをスタンバイするのも簡単ではない。カプセルに入った絵具は粒状になっていて、くだけた粒は大小さまざま。

まずはそれを白い小皿にとり、適量の膠を加えながら指で絵具の粒をつぶす作業をしなければならない。指でしつこく粒をつぶし、膠とともに丹念に混ぜ、さらには水もちょっとずつ加えて混ぜあわせる。

粒のザラザラ感はなかなかなくならない。

時間をかけて絵具を作り「さあ、塗るぞ」となるまでが、ひと苦労だ。

しかも、白色を作りだす胡粉《ごふん》などはまた別工程での面倒な作業となり、正直慶太はそれらの作業のたいへんさに、最初は圧倒されたものだった。

豪華絢爛で美しい仏画を彩色するためには、ここまで手のかかることをしなくてはならないのだと。

ちなみに観音様の肌の色は、胡粉に黄朱《きしゅ》と洋紅《ようこう》を少量ずつ混ぜる。

仏画における仏さまの肌の色は実にデリケートな味わいを見た者にもたらすが、そもそもその色を完成させるまでの作業がかなり繊細なのだから、無理もない。

だから世辞かもしれないとはいえ、才気あふれる珠希に誉められるとやはりうれしい。

「この色紙、一枚目だったわよね。それなのにここまできれいに塗れるなんて、たいしたものだと思うわよ」

かたわらに立って慶太の作品をのぞきこみ、感心したように珠希は言った。

肌の色だけの話ではなかったが、塗らなければならない部分にムラなく色を塗っていくのも、じつはひと苦労。当該部分を最初に水で湿らせ、そこから一気に色を塗っていくのがコツなのだが、言うはやすし。

よく見れば目も当てられないほどムラだらけなのだが、珠希は「初心者にしてはまずまず」と言っているのだろう。

「珠希さんに誉められると、ちょっとうれしいです」

慶太はそう言って照れた。

珠希はそんな慶太にうんうんとうなずいてさらに言う。

「いいわよ、いい感じ。けっこう才能あるのかも、きみ」

「いやいや、そんなそんな。あはは」

気恥ずかしさが増し、慶太は笑ってごまかした。ちらっと遠くを見て、そこにいた律子と目と目があう。

（律子さん……）

律子はハッとした様子であわてて微笑み、自分の作品へと目を落とした。

慶太の脳裏に、律子に獣の声をあげさせた情事の記憶が鮮烈によみがえる。

亡き姉と瓜ふたつな律子に「ひと晩だけでいいですから、俺の姉さんになりきって抱かれてください」ととんでもないことを頼み、未亡人の好意のおかげで夢のようなひとときを過ごすことができた。

なにがあろうと絶対に一度きりという条件で成立した話なので二度目はもうなく、それがたまらなく寂しかったが、あのめくるめく一夜は一生のお宝だ。

（律子さんとも、もっとふつうに話がしたいのに）

なおも珠希とあれこれと仏画談義をしながら、慶太は心で律子を思った。

あの灼熱《しゃくねつ》の一夜以来、律子との関係はぎくしゃくとしたものになってしまい、どうにも以前のようにはいかない。

互いに意識をしてしまい、どうやっても自然な会話にならなかった。

（またご飯でも誘おうか。エッチなしなら、受けいれてもらえるかな）

二度目はないというのが絶対条件なのだから、それを反故《ほご》にする気はないが、話ぐらいはふつうにしたい。それほどまでに、今や慶太にとって律子という熟女は特別な女性になっている。

(あ、真奈さん)

すると、教室の出入口に真奈が現れた。

慶太に夫の浮気調査を命じた好色な人妻。DVで夫と離婚をした珠希、そして律子とは、この教室で出逢って身体の関係にまでなってしまったが、そもそものはじまりは、真奈と熱い一夜を過したことがきっかけだ。

まさか調査の結果、真奈の夫が執心しているのが、こともあろうに律子だったとは、あのころは夢にも思わなかった。

画材を肩から下げた真奈は、仲間の生徒たちに挨拶をしながら、律子に近づいていく。

ふたりは仲のいい友人同士なので、いつもの見慣れた風景ではあった。

ところが。

――パアァン!

(えっ)

とつぜん教室に、生々しい張り手の音がひびいた。驚いてふり返ると、律子が頬に手を当て、顔はおろか身体まで真奈からそむけている。

動揺が、一気に教室を駆けめぐった。

椅子から立ちあがって硬直する者、両手を口に当てて目をむく者、悲鳴をあげる者、生徒たちの反応はさまざまだ。

（ちょ、ちょっと）

慶太はあわてて立ちあがった。

こんな真奈を見るのは、はじめてのこと。怒りに身体をふるわせ、嚙みしめた唇もふるわせて律子をにらんでいる。

（おい……おいおいおい！）

反射的に駆けだした。

「きゃあぁ」

真奈が律子に躍りかかり、頭だの肩だの背中だのを気が違いでもしたかのようにたたきはじめたからだ。

仏画教室の責任者である平野師は、教室を貸しだしている寺の住職と話があるからと席をはずしていた。

「真奈さん!?」

慶太のあとに珠希がつづく。だが、ほかの生徒はパニックになってオロオロするばかりである。

「ちょっと、真奈さん」

慶太は真奈に飛びかかり、うしろから羽交い締めにした。

暴れる真奈に難儀しながらも、律子から引きはがそうとする。

「放して。放しなさいよ」

怒りに身をまかせた真奈は渾身《こんしん》の力で反抗した。だが、目の前で律子をぶん殴られては、こちらも穏やかではいられない。

（もしかして）

心中で想像し、いやな予感はおぼえていた。真奈がこんな態度に出る理由など、慶太の知るかぎりひとつしかない。

「真奈さん、どうしたの。落ちついて。平気、律子さん？」

「いいんです、私はいいんです」

あとにつづいた珠希が身を挺《てい》して律子をかばい、殴られた未亡人を気づかった。

しかし律子は落ちついた声で、そんな珠希に答える。

「放して。放して」

「落ちついて……」

慶太は本気の力で、暴れる真奈をうしろへ引っぱった。

「真奈さん、とにかく落ちつきましょう」

なおも四肢をばたつかせてわめく真奈を必死にとりなす。

だが真奈の耳には入っていないようだ。両目をむき、なにやらわけのわからないことを相変わらず口走って半狂乱になっている。

(あっ)

そんな真奈の前に、すっと珠希が仁王立ちした。

「真奈さん、落ちつきなさい」

「放して。放してよ」

「落ちつきなさい！」

打ちすえるような口調で言うと、有無を言わせぬ迫力で、珠希は真奈の頬に平手を張った。

誰もが息を呑んだまま、ふたたび教室を、緊張感あふれる静寂が支配する。

「あーん」

真奈が泣き声をあげてくずおれたのは、数秒後のことだった。

教室の床にうずくまり、人目もはばからず号泣する。

(律子さん)

慶太は律子を気づかった。

だがやはり、意外に律子は冷静だ。

いつかこんなときが来ることを、律子なりに覚悟していたのかもしれない。

血の気をなくして押しだまる未亡人の表情は、慶太にそんな思いを抱かせた。

2

「殴ったのは悪かったと思ってる。ほんとよ」

しゃくりあげながら、真奈は慶太に言った。

そんな真奈に胸を痛めつつ、慶太はうんうんとうなずいて話を聞きつづける。

なじみの居酒屋。

心配する珠希や生徒たちを「俺が話を聞きますから」と安心させ、真奈を連れてここに来た。酒を飲みながら話をするうち、ようやく真奈は少しずつ冷静さをとり戻してきた。

「うん、悪かったと思ってる。でもね、慶太くん、うえっ……」

「真奈さん……」

またも真奈はくしゃっと顔をゆがめ、落涙しはじめた。両手で顔をおおい、子供のように泣きじゃくる人妻に、慶太は同情を禁じえない。

話を聞いてみると案の定、ついに真奈は夫の浮気相手を特定したのであった。

そしてその相手が、こともあろうに仲のよかった律子だと知り、真奈は我を忘れた。

「まさか、律子さんとアイツができていたなんて……えぐっ……」

(いや、それは違うんだよ、真奈さん)

そうではないのだと、つい喉もとまで言葉が出かかった。

だが、それを口にしてはならない。調べたが、自分には今のところなにもわからないということにして、今日までけむに巻いてきたのである。

「い、いやあ」

慶太は言った。

「なにかの間違いじゃないかなあ……」

「間違いって」

鼻をすすり、ハンカチで目もとを押さえながら真奈はこちらを見た。

こんなときに思ってしまうのは不謹慎かもしれない。だが、泣きはらした顔がなんとも愛らしい。目のまわりと鼻の頭が真っ赤になり、すがるようなまなざしで慶太を見つめている。

この人は年上なのに、慶太はつい父性本能を刺激された。

「いや、だから……たとえば、真奈さんのご主人の一方的なラブコールにすぎないとか」

慶太は慎重に言葉を選び、その可能性を指摘した。実際にそうなのだから、そのことに気づいてほしいと祈る気持ちで思いながら。

「一方的……うちの主人が」

なおも鼻をすすりながら、真奈はじっと慶太を見る。その発想はなかったと、不意をつかれているのは明らかだ。

「もちろん、たとえばの話だけどね。真奈さんが見たご主人と律子さんのやりとりに、律子さんがご主人に好意を寄せているってわかる証拠はあったの？」

「証拠……」

言われてみればたしかにと、真奈は自分の記憶を整理しようとしている表情になった。

（いいぞ）

事態がいい方向に進展しそうなことにうれしくなりつつ、慶太は身を乗りだしてさらに言う。

「ご主人が思いを寄せる相手が律子さんであることは、たぶん間違いないんだろうね。でもさ、だからと言って、相思相愛であるかどうかはまた別の話じゃ……あっ」

慶太はギクッとして真奈を見あげた。いきなり椅子から立ちあがり、帰りじたくをはじめたからだ。

「あの……真奈さ――」

「律子さんのところに行く」

「えっ。あ、ちょっと……」

目を真っ赤にした真奈は有無を言わせぬ雰囲気で席を離れ、居酒屋の玄関に向かった。

「ちょ、ちょっとちょっと」

慶太は真奈のあとを追った。

店のスタッフとアイコンタクトを交わし、すぐに戻るからという意志をしめす。スタッフとは、すでになじみになっていた。

店のユニフォームである作務衣《さむえ》姿の若者は、真奈の様子からとっくに異変を察していたらしく、慶太に無言でうなずいた。

「ちょっと、真奈さん、真奈さんってば」

真奈は店を飛びだし、夜道を駅の方角に向かって歩きはじめた。慶太は小走りに人妻を追い、うしろから手首をつかんでひきとめる。

「放して。律子さんのところに行くの」

「行ってどうするの」

慶太の手をふりほどこうと暴れる真奈と、そうはさせじと抵抗する慶太。見ようによっては痴話げんかにしか見えない。あたりに人が少ないのが救いである。

「直接たしかめる、律子さんに」

ふたたび涙声になり、ヒステリックに感情を昂らせて真奈は言った。

「やめときなって、今日は」

あたりをはばかり、小声になって慶太はいさめようとする。

「なんでよ。たしかめたいの」

「今日はだめだよ。こんな状態のまま行かせられない」

ふたりのやりとりは、ついエスカレートしそうになる。

「放してよ、放してよ」

「真奈さん」

「放してってば」

「放さない。行かせない」

「なんでよ、なんでよ」

(あっ)

白熱しかけた押し問答のすえ、ついに真奈は慶太に抱きついた。

「真奈さん……」

「嫌いになりたくないの」

「えっ……」

「嫌いになりたくない、律子さんを。だから……だから……あーん」

「ああ……」

「だから、早くたしかめたいのよう。あーん、あーん」

駄々っ子のように地団駄を踏みながら、かわいい人妻はなおも強く慶太にしがみつき、号泣した。

（かわいい）

そんな真奈に、どうしようもなく父性本能をくすぐられる。

本当のことを知りながら、ずっと黙って今日まで来た罪悪感も関係したか。

「きっと……真奈さんの誤解だと思うよ」

いい子いい子とでも言うように、やさしく人妻の背中をたたきながら慶太は言った。真奈は慶太の首すじに顔を埋め、スリスリと擦りつける。

「誤解……ほんと？」

「俺はそう思う。なんか絶対、そんな気がする」

慶太は真奈を抱きすくめ、耳もとに口を押しつけ、ささやいた。

「だって律子さんって……そんなことするような人に見えないもの」

「……えぐっ」

「真奈さんだって、ほんとはそう思ってるんじゃないの」

さとすようにささやくと、真奈は慶太の首すじに顔を埋めたまま、身じろぎで反応をした。

もはやなにも言い返してこない。

慶太にむしゃぶりついたまま、鼻をすすって嗚咽する。

「慶太くん」

やがて言った。

「え」

「なぐさめてよう」

「真奈さん……」

真奈はようやく顔をあげた。慶太を見あげる。恥ずかしそうにふたたび慶太に抱きつき、顔を隠すと、熟女は愛くるしい駄々っ子になった。

「なぐさめて。なにもかも忘れさせて」

「真奈さん……」

「お願いよう」

かわいい真奈の求めに、たまらず股間がキュンとなる。

「苦しいの、苦しい」

真奈は身体を揺さぶって懇願した。

「苦しいよう。助けてよう。慶太くんのち×ちんでなんとかして」

3

「アァン、慶太くん、慶太クゥン、んっんっんっ……」

「はぁはぁ……お、おお、真奈さん、んっんっ……」

……ピチャピチャ。ちゅうちゅぽ。

全裸のふたりを、熱いシャワーが雨のようにたたく。

ラブホテルにチェックインをしたふたりは、バスルームの洗い場にいた。

つま先立ちになって慶太に抱きつく真奈の両目からは、涙があふれだしている。

（ほんとにかわいい）

慶太はあらためて、この人妻の魅力に触れた気持ちになっていた。

お騒がせな人ではあるものの、考えるまでもなくこの熟女が悪いわけではない。

裏切ったのは夫のほう。真奈のショックは想像にあまりある。自分でいいなら
ほんの少しの間だけでも、この世の憂さを晴らしてあげたくなった。

「わかる、真奈さん。俺もうこんなだよ」

ふたりしてシャワーの雨に打たれながら、慶太はさらに身体を寄せ、腰をふっ

た。

「アァン、慶太くん、ハアァ……」

ペニスはすでに、ビンビンになっている。やる気満々になって反り返った怒張を、アピールするように熟女の濡れた身体に擦りつける。

「アハアァ……」

「おおお……」

真奈は肉棒を下から支えるように握ると、前へうしろへとしこしことしごきはじめた。

「はぁはぁ……いやらしい。もうこんなになって。はぁはぁはぁ……」

「いやらしいのはお互い様でしょ。ほら」

「きゃん」

慶太は許しも得ず、真奈の股のつけ根に指をくぐらせた。

とらえたのは、とろりと熟柿のようにとろけた牝肉の園。

指をカギのように曲げたり伸ばしたりしてほじほじとやれば、淫肉はグチョグチョとたっぷりの汁音をひびかせる。

ぬめる女陰は淫靡な熱を帯び、真奈の発情ぶりが尋常ではないことを雄弁に伝えた。からかうようになおもワレメをほじると、真奈は「あン、ああン」と鼻にかかった声をあげ、プリプリとヒップを左右にふる。

「舐めてあげようか」

わざと耳もとに顔を寄せ、ねっとりとした声でささやいた。

「け、慶太クウン……」

「舐めてほしいの、ほしくないの、どっち」

いじわる全開で、真奈に直接所望させようとした。真奈の体熱はすでにそうとうあがっていたが、人妻は慶太に見つめられ、ますます美貌を紅潮させる。

「いじわる。慶太くんのいじわるぅンン」

「舐めてほしいの、ほしくないの」

「舐めてほしい。舐めてほしいよう」

「じゃあ、ガニ股になって」

「えっ」

「なりなさい、ガニ股に。ほら」

「ああ……」

ソフトな口調ではあるものの、有無を言わせぬ調子で命じ、熟女から離れた。

相変わらずのむちむち恵体。

年齢相応に熟れたこの女体が、生来の好色さに寂しさまでもが加わって、とんでもない状態になっていることを慶太は知っている。

水もしたたるいい男ならぬ、お湯のしたたるいい女。全身シャワーのお湯まみれになった真奈は、男を狂わせる危険な魅力に満ちている。

見るがいい。ふくらんだ餅を思わせる見事なおっぱいを。まんまるな乳房の先端には、鳶色の乳首がつんとしこって勃っている。

律子がいい女であることはたしかだが、それでも真奈の夫はばかだと慶太は思う。こんなエロチックで、いい身体を持ったかわいい妻が近くにいるのに、その人をほったらかして実らない恋にうつつを抜かしているだなんて……。

「慶太くん、恥ずかしいよう、きゃん」

恥じらう真奈を許すことなく、もっちりした身体を洗い場の壁に押しつけた。

ふたたび真奈から離れ、慶太は言う。

「恥ずかしいことさせようとしてるんだもん、当たり前でしょ。ほら、ガニ股になって」

「慶太くん」

「な、り、な、さ、い」

「ああ……」

わざと怒気をこめ、一音一音くぎって命じた。真奈は観念したように、天を仰いで哀切な吐息をこぼす。

「こ、こう？」

おどおどと、少しずつ両脚を開いて腰を落とした。

「まだまだ。ほら、もっと」

「……こう？」

「まだまだ。もっともっと」

「はうう……こう。ねえ、こう？」

（ああ、いやらしい）

慶太があおると、真奈は羞恥に美貌を染めながらも、下品なガニ股姿になる。

その顔には、まだなお涙のなごりがあった。それなのに、とっているポーズは人には見せられないあられもない大開脚。

顔つきとガニ股の落差に、慶太はさらに欲情した。

「自分の指でオマ×コを広げて」

「ええっ」

自分でも驚くような要求をした。真奈も驚嘆し、目を見ひらいて慶太を見る。

「慶太くん、私、そんなこと――」

「オマ×コ広げて、くぱあって言いながら」

「あぁぁン……」

(ああ、俺ってば)

なにもかも忘れさせてと、夜の路上でこの人は言った。そんなかわいそうな女性に、はたしてこんなことをしてよいのかどうか、本当のところはわからない。

だが自分が本気で興奮し、いやらしくならなければ、真奈を心から没我の境地にいざなうことなどできない気もしている。

「ほら、広げて、くぱあって言いながら」

「慶太くん、く、くぱあってなに」

案の定、真奈は初耳のようだ。そんな人妻のういういしさにも、いちだんと慶太はそそられる。

「いいから、言って。オマ×コくぱあって言いながら、両手の指でオマ×コ広げて」

「慶太くん」

「広げなさい。じゃないと、舐めてやらないよ」

「あああ……そんな。そんな、そんな。うああ。うあああぁ」

舐めてやらないと突きはなすと、真奈はいやいやとかぶりをふった。

自分のふるまいに死ぬほどの羞恥をおぼえているのは明らか。だがそうであるにもかかわらず、年下の男に命じられるがまま、伸ばした指をおのれの股間にそろそろと伸ばし、そしてとうとう——。

「く、くぱ……くぱあ……」

……ニチャ。

（うおおおおっ！）

卑猥なオノマトペとともに、自身の指で大事な部分を左右に広げた。

シャワーの音がうるさいにもかかわらず、たしかに人妻の蜜園は、ニチャッとエロチックな汁音をひびかせる。

「はぁはぁ。最高だよ、真奈さん」

口にした言葉に嘘はなかった。先ほどまでとは別の意味で泣きそうになりながら媚肉をくつろげる美熟女は、破壊力満点のエロスを感じさせる。

いつだってつつましく閉じていなければならないはずの牝扉が、横長の菱形《ひしがた》状にこじあけられた。

露出した粘膜は淫《みだ》らに充血し、生々しいローズピンクを見せつける。

全身ずぶ濡れの美妻だが、陰唇もまたねっとりと濡れていた。だがそこだけは、ほかの部分とは種類の異なる汁によるものだということは言うまでもない。

「うぅ、恥ずかしいよう……」

やっていることはそうとう猥褻で品がないにもかかわらず、恥じらう顔つきはどこまでもウブ。そんなギャップが慶太にはたまらない。

見られることを恥じらうように、真奈は慶太から顔をそむけ、どうしていいのかわからない顔つきでくちびるを噛んでいる。しかしその一方で、牝肉はヒクヒクとラビアを開閉させ、快楽への渇望を持ち主に代わって訴えた。

「真奈さん、んっ……」

……ピチャ。

「ハアァン、慶太クウゥン」

真奈の前に膝立ちになり、突きだした舌を媚肉に突きさした。ガニ股姿の熟女はビクンと派手に裸身をふるわせ、ラビアから指を放そうとした。

「だめ。放さないで。そのままオマ×コを広げていて」

「でも」

「広げるんだ。そらそらそら」

「あああああ」

伸ばした指を真奈のアヌスにそっと当て、ソフトなタッチでほじほじとやる。

そうとう気持ちがよかったか。真奈は腰でも抜けたかのように壁を下降してへたりこみそうになり、あわてて脚を踏んばった。

結果的に、それまで以上に品のないガニ股姿が現出する。

「慶太くん、だめ、それも感じちゃう」

「それってなに。んっんっ……」

……ピチャピチャ。ねろねろねろ。

「うああ。うあああああ」

真奈は言われるがまま、なおも両手で淫華を広げたままだった。慶太が肛門をあやしながらクンニリングスをすると、ググッと足を踏んばり、太ももの肉をふるわせてケダモノじみた声をあげる。

「慶太くん、感じちゃうよう。それ感じちゃう。それそれああああ」

「だからそれってなに、真奈さん」

「あああああ」

言葉の責めでも真奈をなぶりつつ、淫肉を舐める舌の動きと、秘肛をほじる指の動きをエスカレートさせた。

やはり気持ちがいいのだろう。もうそうとうなものらしい。

真奈はガニ股姿で媚肉を広げたまま、天に向かってあごを突きあげる。いちだんとあられもない声をあげた。

舌で責める膣穴がいやらしく開閉し、泡立つ蜜をブチュブチュとあふれださせる。指でほじるアヌスも、言うに言えない快感に打ちふるえ「いいの、いいの、それいいの」とでも言うかのように、何度も締まっては慶太の指を包みこむ。

「気持ちいい、気持ちいい。そこいいよう、慶太くん。うああ。うあああ」

「そこってどこ。ほら、真奈さん、言いなさい。言うんだ」

……ピチャピチャピチャ。

「あああ、お尻の穴もオマ×コもいいよう。いいよう、いいよう。うああ、うあああ。うああああああ」

――ブシュブシュ！　ブシュシュ！

「ぷはっ」

ついに真奈は潮を噴いた。

失禁かと見まがう勢いで、慶太の顔面に熱い潮をたたきつける。

（すごい）

慶太は蜜穴から顔を放してせきこんだ。

そんな慶太めがけ、第二弾、第三弾の牝潮が、小便の勢いでビチャビチャと飛びちる。

「ぷはっ。ああ、エロい……」

「ごめんね、ごめんね。どうしよう、いやあ、出ちゃうよう。出ちゃうよう。あああ」

見れば真奈は、アクメのせいでガクガクと痙攣しながら、潮を噴きださせた。

小さなアクメのたびごとに、思わず力んでしまうのだろう。そのたび膣から飛びちる潮は、いちだんと激しい勢いを増す。

シュルシュルという淫靡な擦過音が、慶太の耳にたしかにとどいた。

肛門に押しあてたままの指を、さらに強い力で熟女のアヌスがむぎゅり、むぎゅりとしぼりこんだ。

4

「アァン、たまらない。たまらないの。はぁはぁ。んっんっ……」

……ピチャピチャ。ピチャピチャ、ぢゅる。

「うおお、真奈さん、くうぅ……」

アクメのあとの二回戦は、ラブホテルの客室だ。

慶太は部屋のほとんどを占める、大きなベッドに仰臥していた。股の間にうずくまった真奈から、先ほどのお返しのようなフェラチオ奉仕をされている。

「はぁはぁ……慶太くん、んっんっ……あはぁ、オチ×ポ熱い。んっ……」

「くぅ、気持ちいい」

快楽の虜《とりこ》になった熟女は、猛る勃起をいとおしそうに撫でさすり、ときおりそこに頬を寄せたりしつつ、ぬめる舌を擦りつけてくる。

亀頭の先から棹へと舌を這わせ、根もとまで舐めると、不意打ちのようにふぐりまで、ためらうことなくたっぷりの唾液とともに舐めしゃぶる。

そんな熟女の熱烈な口唇奉仕に、肉棹がビクビクと歓喜の脈動をくり返した。

キュッと締まった金玉袋が、陸揚げされたタコのように凸凹と変形する。これまた舐められるうれしさを、臆面もなく真奈に伝える。

「アン、いやらしい。はぁはぁ……先っぽ、こんなにふくらんで……んっ……」

「うおお、真奈さん、おおお……」

……ヂュポヂュポヂュポ！　ヂュポヂュポヂュポッ！

丹念に棹と陰嚢を舐めあげ、どちらもドロドロと唾液まみれにした。すかさず真奈は頭から、まるごと陰茎を口中に頬ばる。

「んっんっ。んっんっんっ」

「くぅ、き、気持ちいい」

今度は淫らな啄木鳥《きつつき》になった。前へうしろへ、前へうしろへとくり返し小顔をふりたくり、頭部全体を動かして、怒濤のフェラチオをくり出してくる。

「真奈さん、すごい……」

歓喜の鳥肌がゾクゾクと背すじを駆けあがった。同時に股のつけ根から内ももを、鳥肌は膝裏へと駈けおりていく。慶太へのいとおしさをしのばせた口唇奉仕は、熱烈なだけでなく巧みでもあった。

すぼめたくちびるで肉幹を締めつけ、絶妙な力でしごき抜く。同時に舌をいやらしく動かし、飴《あめ》でも舐め溶かそうとするかのように、しつこく亀頭をコロコロと転がす。

「んっんっ……オチ×ポ、すごくピクピクいってる。気持ちいいの、慶太くん」

……ヂュポヂュポヂュポ！　ヂュポヂュポヂュポッ！

「さ、最高だよ、真奈さん。うわあ、そんなことまで……」

ペニスを舐められているだけでも、天にも昇る心地。それなのに、真奈はさらなる責めまで加えた。

白魚の指で玉袋をつかみ、モミモミと緩急をつけてしわと毛だらけのそれをまさぐる。やさしいかと思えば今度はやや強め。強いかと思ったら、今度はそよ風のごとく。むぎゅっと強めにつかまれると、熟女の指からくびりだされたどす黒い肉袋が、中身の睾丸《こうがん》のまるみをアピールした。いつしか真奈の指には、縮れた陰毛が何本もからみつき、いっしょになって動いている。

（いやらしい）

視覚的な刺激と、亀頭から湧きあがるうずくような快感。そこに、ふぐりからひらめく痛みとかゆみがブレンドされた得も言われぬゾクゾク感までもが加わって、慶太はいやでも劣情が増す。

「ハアァン、んっんっ……慶太くんのチ×ポ好き……なにもかも忘れさせてくれる……つらいこと、全部忘れさせてくれる……」

「おおお、真奈さん……」

なおも激しく顔をしゃくって肉棒をしゃぶりつつ、真奈はかわいいことを言った。

「挿れたいよ、真奈さん、もう挿れたい」

これ以上奉仕をされると、無様にも放出してしまいそうだった。慶太は声をうわずらせ、情けないトーンで宣言する。

「はぁはぁ……もう挿れたいの。私のアソコに……」

……ちゅぽん。

「うおお、真奈さん……」

真奈は音を立て、口から怒張を放した。

人妻の口から、粘つく唾液がこぽりとあふれてあごをしたたる。

「犯して、慶太くん」

「おおお……」

かわいく抱きついた。やわらかな乳房が胸板に圧迫され、ふにゅりとひしゃげる。真奈の裸体は熱かった。シャワーを浴びていたときより、さらにほてりが増した気さえする。

とびきり熱さを感じさせるのは、やはり乳房だ。ふたりの身体にはさまれて、クッションのようにふにふにとはずむ。炭火のような熱さとともに、食いこんでくるのは乳首である。

それを感じただけで、股間の猛りがさらにジンジンと甘酸っぱくしびれる。

「真奈さん」

「犯して。私を犯して。今夜も私を慶太くんの――」

「おお、真奈さん」

「ハアァン」

いやらしくかわいい人妻に、もう我慢も限界だ。

攻守ところを変えるかのように、慶太はベッドから起きる。エスコートを求める熟女を四つん這いにし、自らはその背後にまわった。

真奈はとうぜん、いよいよ合体のときがきたと思ったはず。それを証拠にケモノの体位のまま、大きな尻をググッとこちらに突きだしてくる。

(ところが、そうはいかないんだな)

慶太はニヤリと口もとをほころばせた。

真奈は尻の穴まで、惜しげもなくすでにまるだしだ。鳶色の肛門はあえぐかのように、ヒクヒクと開口と収縮をくり返す。

熟女はたぶん予想もしていないはず。

（フフフ）

慶太はワクワクしながら気配を殺して顔を近づけ、ひくつくアヌスをいきなりねろんとひと舐めした。

5

「きゃあああ」

案の定、真奈は驚いた声をあげた。

万歳のような格好で両手をあげ、無様に布団につっぷしていく。

「真奈さん、びっくりしたでしょ。ほら、バスルームのつづきだよ。んっんっ」

……ピチャピチャ、れろれろれろ。

「うああ。うあああ」

慶太は熟女の肉尻を鷲づかみにした。動きを封じ、問答無用の横暴さで、まずはアヌスに、つづいて淫肉に、ねろねろと舌の雨を降らせる。

「アァン、いやあ。またそんなこと。あっあっ。あっあっあっ。あああ。うあああ。そんなそんな。ヒイィン」

「そらそら。そらそらそら」

しわしわの肛肉を唾液まみれにすると、またしてもアヌスに指先を押しあてた。風呂場での淫行と同じように、カギのように指を曲げ、ほじほじ、ほじほじとやさしくほじり、ぬめる肉割れにクンニをする。

「あああ、感じちゃう。いやあ、もうそれだめえ。ヒィン、ヒイィン」

真奈はもはや半狂乱だ。繊細な快楽スポットを二点同時に責めなぶられ、上へ下へとヒップをふって、我を忘れた声をあげる。

「そらそら。ああ、エロい。真奈さんのオマ×コが、うれしそうにヒクヒクいってるよ」

「知らない。知らない、知らない。うああ。うあああああ」

「はぁはぁ……んっんっんっ……」

「ヒイィィン」

いやがる真奈はプリプリと尻をふり、熟れた裸身を蛇のようにのたうたせた。逃げようとして大きなベッドを上へとずり、またしても四つん這いのポーズになる。

（今だ）

「おお、真奈さん！」

――ヌプッ！

「きゃははあ」

――ヌプヌプヌプヌプッ！

「あっあああ」

熟女が這いつくばるや、待ってましたとばかりに、慶太はバックから、ズズンと勃起を媚肉に突きさした。

膣奥で待ちうける子宮に、グシャリと亀頭が思いきり埋まる。

真奈はひとたまりもなかった。またも万歳の格好で両手をあげ、布団に顔から思いきりつっぷす。

「おおお……」

そんな人妻とは、すでに性器でひとつにつながっていた。慶太は真奈に引っぱられるように、熟女の背中におおいかぶさる。真奈の背すじには、じっとりと汗の微粒がにじみだしていた。

「真奈さん、こうしてほしかったんでしょ」

「はうう……はううぅ……」

真奈は軽いアクメに達したようだ。

ビクビクとふるえるもっちり女体を、慶太は背後からかき抱く。

返事も聞かずに腰をしゃくり、蜜まみれの恥肉をグチャグチャと牡のスリコギでサディスティックにかきまわす。

──ぐぢゅる。ニチャニチャ！

「キャヒイィン。ああ、どうしよう、どうしよう。慶太くん、気持ちいいよう。いいよう、いいよう。うあああぁ」

「真奈さん……」

淫肉をほじくり返される下品な快感に、真奈はあらがうすべもない。

男の体重をプレスされ、自由のきかない体勢なのに、慶太を跳ね飛ばさんばかりの勢いで身をよじり、誰はばかることなくケダモノそのものの嬌声をあげる。

「気持ちいいの、真奈さん」

「気持ちいい、気持ちいい。ああああ」

「はぁはぁ。ねえ、もっと犯してほしい？」

「犯してほしい。いやらしいことしてほしいよう。ねえ、して。してしてして。ああ」

「そらそら。そらそらそら」

――バツン、バツン、バツン！

「ああ、すごい。すごいすごいすごいすごい。ああああ」

ピタリと身体を密着させた寝バックの体位。腰の動きにスパートをかけると、真奈のよがりかたはいちだんと狂騒的なものになる。

おおいかぶさる慶太など、ものの数ではないとばかりに、すごい力で身体をのたうたせる。

膣奥深くまで抉られる悦びに自制心を失い、その悦びを吠《ほ》え声で伝える。

（ああ、すごい）

真奈のあえぎ声は、ズシリと低い低音のひびきをにじませた。

熟女の背中に胸をくっつけているため、その声がダイレクトに慶太にも伝わる。

こんなに激しく感じてもらえたら、こちらだってますますやる気が増すし、昂りだって同じように増すというもの。

「ぬぅ、真奈さん」

もう一度、熟女を四つん這いにさせた。

ケモノの格好になって這いつくばる美熟女に、怒濤の突きをお見舞いする。

——パンパンパン！　パンパンパンパン！

「あああ。あああああ。気持ちいい、気持ちいい。いやン、とろけちゃうンン。うっあああああ」

「はぁはぁ……おお、真奈さん、もう俺そろそろ……」

クライマックスの瞬間に向かってペニスの抜き挿しを激しくした。

もっともっと、この責めをつづけていたいのに、男の本能がそれを許さない。

それほどまでに、真奈の肉壺は男をだめにする卑猥な底力を見せつけた。

とろとろととろけた狭隘な胎路は、奥へ行けば行くほど、さらに狭さを増す。

膣ヒダの凹凸と亀頭が擦れるたび、火花の散るような快美感がまたたく。

やせ我慢をしようと奥歯を嚙みしめれば、口の中いっぱいに唾液が湧いた。歯茎がむずがゆくなり、背すじにゾクゾクと鳥肌が立つ。

（もうだめだ！）

「真奈さん、イクよ。もうイクよ！」

「ハァァン、慶太くん、慶太くん、慶太くん、キャヒィン」

――グチョグチョグチョ！　ヌチョヌチョヌチョ！

四つん這いの熟女を前へうしろへと揺さぶり、猛烈な勢いで股間をヒップにたたきつけてはすばやく抜く。

「ヒイィン、ヒイイイィン」

人妻の喉からこぼれる声は、さらに我を忘れたものになる。

子宮までほじられる耽美な快感に真奈は恍惚となり、ベッドシーツをかきむしった。重量に負け、ぶらりと垂れのびた乳が、ふたつ仲よく重たげにはずむ。

背すじを妖しく湿らせる汗は、さらにその量を増した。

甘い汗の香りがふわりと立ちのぼる。

慶太は湯気さえ、真奈の身体からあがるのを見た。

「うああ。あああああ。だめえ。気持ちいいの。もうイッちゃう。イッちゃうイッちゃうイッちゃうイッちゃう。あああ。ああああああ」

「真奈さん、出る……」

「うおおお。うっおおおおおおおっ!!」

――どぴゅどぴゅどぴゅ！　びゅるる！　ぶぴぶぴぶぴ！

（ああ……）

ついに慶太は快楽の頂点を極めた。頭のなかで爆弾が破裂したような衝撃が広がり、意識が完全に白濁し、視界さえもがまっ白になる。

（最高だ……）

慶太はうっとりと射精の悦びに身をひたした。気づけばふたりは、またしても折りかさなるようにベッドに倒れこんでいる。

ロケット花火になって、天空高く打ちあげられたような爽快感。さも当然の権利のように、慶太は真奈の膣に精液を注ぎこむ。

……二回、三回、四回。ドクン、ドクンと陰茎が脈動するたび、大量の精液が水鉄砲の勢いで子宮をたたいた。

そんな慶太への返礼のように、被弾する膣が緩急をつけて痙攣し、むぎゅり、むぎゅりと射精途中の極太を締めつける。

（くうぅ。とろけてしまう）

「はうう……ああ、すごい……あはあぁ」

「真奈さん……」

慶太の下で美熟女は、汗まみれの裸身をふるわせた。

どうやらいっしょに達したようだ。

見れば真奈は白目までむいて、アクメの幸せを堪能《たんのう》している。

「入ってくる……慶太くんの精液、こんなに……いっぱい……あたたかい……」

「真奈さん……」

「ありがとうね……んあっ、んああ……」

真奈は満足そうだ。

うっとりした様子でため息をつき、まぶたを閉じて笑みをこぼす。

これでよかったのか、本当のところはわからない。

だが、とにもかくにも求められた仕事は提供できたようだとホッとしながら、
慶太も目を閉じ、真奈の首すじに顔を埋めた。

第六章　いとしの未亡人

1

抜けるような青空が、見わたすかぎりつづいていた。

会場となった県立美術館の展示ルームはごった返している。

仏画教室主催による生徒たちの仏画作品発表会。今日と明日、二日間にわたって行われる発表会には、たくさんの作品が展示されていた。

「それにしても、この仏画……」

腕組みをし、じっと慶太の作品を見るのは真奈である。

「たしかに」

真奈と並んで、珠希も真剣なまなざしで仏画を注視している。

「な、なんですか……」

慶太はぎくしゃくと、そんなふたりの様子を追った。

「…………」

「…………」

（げっ）

真奈と珠希はふたりいっしょに、ジト目で慶太を見る。細めた目つきにはどちらの美女も、慶太を揶揄《やゆ》する雰囲気があった。

「なんですか、いったい」

「ムフフフ」

「ンッフフフ」

「えっ……えぇっ」

真奈が口角をあげて意味深に微笑めば、珠希もまた手で口を押さえて色っぽく笑う。

（落ちつけ、ばか）

頬が熱くなるのを感じた。慶太は心中で自分を叱責《しっせき》する。なおもねっとりと笑いながら、ふたりの熟女は展示された慶太の絵を見る。

目と目を見交わし、互いに相手をついたりして、まるで少女のようである。

（まいったなあ）

ほてる頬を持てあましつつ、ため息をつきたくなった。

壁に飾られた自作をチラッと見る。飾られているのは、色紙に書かれた十一面観音菩薩。今持てる力のすべてを注ぎこみ、締めきりギリギリにしあげた作品だ。

展示室をいろどる作品のほとんどは、掛軸に表装されたり、額装されたりした見事なできの絵絹作品。

そうしたキラ星のごとき仏画群にくらべたら、これが二枚目となる慶太の色紙など、お世辞にも上出来とは言いがたい。

だが、真奈や珠希がニヤニヤしているのは、そういう理由からではない。熟女たちがなにをにやついているのか察しがついてしまうため、慶太は落ちつかない気分になるのである。

「この」

「あたっ」

真奈が不気味な笑みを浮かべつつ、指で慶太の脇腹をつついた。

「な、なにを——」

「この」

「わあ」

すると今度は、珠希までもが妖艶に微笑み、反対側の脇腹に同じことをする。

「ちょ……珠希さんまで――」

「この」

「わわっ」

「この」

「わわわっ」

「このこの」

「ちょ……いい加減に――」

「このこのこの」

「ひい。やめてくださいって」

いい年をした大人の女性――しかも、どちらもかなりの美人なのに、やはりまるで少女のよう。真奈と珠希は慶太をからかい、ふたりでつんつんと脇腹をついては楽しそうに笑う。

「こんにちは」

そのときだった。

鈴を転がすような声がした。

声を耳にしただけで、慶太にはそれが誰なのかわかる。

あわてて ふり向いた。思ったとおり、そこには律子がいた。

(律子さん)

「あら、律子さん、お疲れさま」

清楚な未亡人と目があうや、真奈は相好をくずして挨拶をする。

「お疲れさまです」

律子もまた、真奈ににこやかな笑みを返し、珠希とも親しげに挨拶をした。

(よかった)

律子と真奈が仲むつまじげに話をする様子を見て、慶太は今さらのように幸せな気持ちになる。

数カ月前、仏画教室で目にしたふたりの修羅場。それがもう過去のものになってくれたことに、心からの安堵《あんど》をおぼえる。

真奈と律子の関係は、完全に修復されていた。

律子と夫の仲を疑い、一時は律子に牙をむいた真奈だったが、そのあと夫の修平を問いつめた結果、悪いのはすべて夫だったという事実を真奈は知った。

よこしまな関係を強要していたのは修平であり、律子にはそんな気持ちは微塵もない。むしろ律子もまた、ある意味では修平の欲望の犠牲者だったのだと知り、真奈は律子に平謝りをした。

こうして、律子と真奈のトラブルは一件落着。仏画教室にもふたたび平穏な日日が戻った。そうしたなか、慶太は二枚目の色紙にとりかかり、発表会に間にあわせたのであった。

「こんにちは」

律子と熟女たちの会話が一段落したころあいを見計らい、慶太は挨拶をした。

「は、はい。こんにちは」

目があった律子はぎこちなく、慶太に会釈を返す。

慶太に対する律子の態度は、相変わらず硬かった。慶太は萎縮《いしゅく》しそうになる。

だがそんな慶太を真奈が肘で押し、そっとウインクをした。

(真奈さん)

茶目っ気たっぷりに微笑む真奈を見て、慶太はくちびるを噛む。電話で真奈から聞いた言葉が、鮮明に脳裏によみがえった。

――律子さんにはちゃんと話しておいたから。きみが私に頼まれて、旦那の浮気相手を突きとめたにもかかわらず、私にはずっと黙っていたこと。私にしてみればルール違反もいいところだけど、慶太くんが律子さんを守ろうとしたことは間違いないものね。

そう。すでに慶太は真奈に対して、本当のことを打ちあけていた。

そのことを知った真奈はあきれてみせたが、律子に対する慶太の思いを知り、
ならば協力しようと約束してくれたのであった。

——心配しないで、慶太くん。私がついてるでしょ。

ウインクをした真奈は、そうメッセージを送ってきているように慶太には思えた。見つめ返すと、真奈はダメ押しのように何度も小さくうなずきさえする。

「そうそう。見て見て、律子さん」

すると珠希が声をはずませて律子に言った。見てとうながしたのは、もちろん慶太の作品だ。

「……？」

律子は珠希にうながされ、はじめて気づいたようだ。自分たちが慶太の作品の前でワイワイとやっていたことを。

飾られた仏画と絵の下に表示された作者名のプレートを見た律子は、もう一度作品へと視線を転じる。

「まあ、すてき……えっ」

壁に飾られた仏画を、律子はじっと見た。

「ンッフフ」

そんな律子に、ニコニコと真奈が微笑みかける。だが律子は、真奈に反応することも忘れて、なおも食い入るように作品を見た。

「似てるわよね、誰かさんに」

真奈はジト目で慶太を見ながら、うたうように言った。

「えっ、あ、いえ、これって……」

律子はようやく我に返る。ドギマギした様子で身体をもじつかせ、答えを求めるように珠希を、真奈を、そして慶太を見た。

（まずい）

またも頬がほてるのを慶太は感じる。律子から視線をそらしてうつむけば、髪の生えぎわに汗の甘露がにじんだ気がした。

「似てるでしょ、律子さんに。ここまで露骨に似せて描くって、どういうことよって言いたくなるわよね」

そう言って慶太を見たのは真奈であった。律子は「やはりそうなのか」と確信したような表情になり、あらためて慶太を見る。

「あ、あは。あはは……」

慶太はなにも言えなかった。

かゆくもない頭をかき、熱さを増す頬を持てあます。

似せようと努力して似せたわけではない。描いているのは、あくまでも観音様のつもりだった。だが描いている間中、自分にとっての観音様である律子を思いだしていたのは、偽らざる事実。

目の裏に焼きついて離れない、たおやかな美貌を、知らずしらず筆が追った。

その結果、できあがったのがこの絵である。慶太がこの世に現出させた十一面観音様のお顔は、たしかに律子とそっくりだ。

「あらあら、珠希さん、いやだわ。私たち、お邪魔かも」

「あらあら、そうね、そうね」

おどけた調子で真奈が言うと、珠希もすぐに呼応した。

ちなみに珠希と真奈の仲も、さらに深まっている。人には話せない慶太との関係を、互いにこっそりと暴露しあう間柄にまで、ふたりはなっていた。

「ムフフフ」

「あ、いや、ちょっと……」

「ええ……？」

意味深に笑って遠ざかっていく真奈と珠希を、慶太はあわてて追おうとした。

律子はきょとんとふたりを見送る。

手をふって離れた熟女たちは、別の場所で生徒たちとワイワイと話をはじめた。

「すみません。こんな絵を描いてしまって」

困惑した様子で立ちすくむ律子に、深々と頭を下げて慶太は言った。

「いえ、そんな……ちょっと『あれ？』とは思いましたけど、私、こんな、観音様ほど美しくは――」

「美しいです」

ぎこちなく答える律子に、断言するように慶太は言った。

「吉浦さん……」

律子は驚いたように、動きを止めて慶太を見る。

張りつめた空気がふたりをひとつにする。

「美しいです。美しくって、まぶしくって。まぶしさに耐えきれなくなって目を閉じれば、そこにもまた美しい律子さんがいて」

あふれだす想いを、慶太はありのまま、律子にぶつけた。

清楚な美貌を心なし上気させ、律子は目を潤ませて慶太を見る。

「お願いがあります」

慶太は姿勢を正して律子を見た。

思わず律子も、背すじを伸ばしてこちらを見あげる。

「お、俺と……俺とつきあってください」

心からの気持ちを、慶太は言葉にした。会場はにぎやかだったが、ふたりの周囲だけ、なぜだか今は人がいない。

もしかして、慶太の放つ異常な熱気に当てられて、みな近づけないのではないかとすら、ぼんやりと思った。

「吉浦さん……」

声をふるわせて、やがて律子が言った。心臓が鳴っているのだろうか。片手の指を胸に当て、柳眉を八の字にして慶太を見る。

「今度は、俺の姉さんなんかじゃなく」

そんな律子に、慶太は言った。

「姉さんなんかとしてじゃなく、笠山律子さんとしてつきあってください。俺みたいな、頼りない男でもよかったら」

2

「アァン、吉浦さん……んっんっ……」

「はぁはぁ……律子さん、律子さん、むはぁ……」

……ピチャピチャ。ねろねろ、ねろん。

あたりには、夜のとばりが下りていた。チェックインした客室に明かりはない。レースのカーテン越しに射しこむ月明かりが、青白さをひそませた闇を作りだしている。

(夢みたいだ)

いとしの未亡人ととろけるようなキスにふけりながら、慶太は感無量になっていた。

まさかもう一度、この人とこんなことができるだなんて。いや、それどころか、慶太の前には律子との胸躍る未来が扉を開けて待っている。

僥倖《ぎょうこう》は、この期に及んでも、いささか現実感が希薄である。

律子といろいろと話をした真奈からは、好感触だという話は事前に聞いていた。

慶太をどう思っているのか、それとなくたしかめたところ、慶太のプロポーズ次第では、ことが大きく進展しそうな雰囲気を、敏感に真奈はキャッチした。

そんな真奈に背中を押される形でした、一世一代のプロポーズ。

幸運なことに未亡人は、慶太の想いを受けいれてくれた。そして慶太は、あらためて気づいたのだ。

あれほどまでに恋いこがれた亡き姉、麻乃はいつの間にか消え去り、自分が麻乃ではなく、律子を律子として追い求めはじめていたことを。

「律子さん……」

「よ、吉浦さん、んああ……」

投宿したのは、この界隈では有名なシティホテル。十階建てホテルの高層階、その一室にふたりで消えた。順番にシャワーを使った。どちらも裸身にバスタオルを巻きつけた格好で、ベッドで抱きしめあっている。

「ハアァン……」

慶太が自分のバスタオルをむしりとり、未亡人のタオルもそっとはげば、色白の熟女は艶めかしい声をあげた。

「おお、律子さん」

「いやです、恥ずかしい……」

タオルの下から露になったのは、小玉スイカを思わせるいやらしい巨乳。たっぷたっぷと重たげにはずみ、いただきの眺めを誇示するように見せつける。

そんなおっぱいを見せられては、鷲づかみにせずにはいられなかった。

「り、律子さん」

……ふにゅう。

「あああぁ」

「おおお……はぁはぁはぁ」

両手でせりあげるように乳をつかむ。ねちっこい手つきで、もにゅもにゅ、もにゅもにゅとしつこく揉みしだいた。

「アァン、いや……だめぇ……あっあっ……ひはっ……」

「おお、律子さん……」

乳を揉みながら魅惑のいただきを見れば、今夜も律子の乳輪と乳首は、息づまるほどの猥褻さ。白い乳肌から、鏡餅さながらの形状で、ピンクのデカ乳輪が盛りあがっている。

こんもりとふくらむその形と質感が、なんともたまらない。乳輪の中央に鎮座して、ビンビンに勃っているのはこれまたピンクの大ぶりな乳首。

熟れたサクランボのようなまるみを見せつけ、男の情欲を痛いほどあおる。

「はぁはぁ、律子さん、乳首、もうこんなに勃起しています」

「い、いや。そんなこと言わないでください。あああぁ」

律子の乳房は、今日もとろけるようなやわらかさだった。心のおもむくまま、乳の形を無限に変えながら、慶太はスリスリと勃起乳首を指であやして倒す。

「あっあっ、イヤン、だめ……あっあっ、吉浦さん……あぁン、あああぁ……」

「感じますか、律子さん」

「し、知りません。知らない。恥ずかしいです、アッハアァ」

（けっこう感じてる）

早くも乱れはじめた未亡人に、慶太はゾクゾクと鳥肌を立てた。いかにも大和撫子な、楚々とした美貌のしとやかな熟女。だが、すでに慶太はこの人が、なかなかの痴女であることを知っていた。

今夜もう一度あの痴女と――いや、これからずっと、あの痴女とセックスができるのかと思うと、天にも昇るような心地に打ちふるえる。

「感じてください、律子さん。んっ……」

……ちゅう。

「うあああ」

ふたつの乳勃起をはじいていた慶太は、いきなり片房のいただきにむしゃぶりついた。口をすぼめて乳首に吸いつき、れろんと舌でひと舐めすれば、それだけで律子は、人が変わったような声をあげ、ビクンと裸身をふるわせる。

「は、恥ずかしいです、慶太さん。ねえ」

羞恥に声をふるわせて、艶やかな声で律子は言った。

「私なんかで、ほんとにいいんですか」

「律子さん……」

「私、本当にそんな、たいした女では。もしかしたら、吉浦さんの思っているような女ではなく――」

「恥ずかしがらないで、律子さん」

「うああ。うあああ。よ、吉浦さん……」

恥じらいを前面に出して訴える未亡人に、慶太はますます燃えた。

もう一方の乳芽にむしゃぶりつけば、またしても熟女ははしたない声をあげる。

感電でもしたかのように、ビクビクと裸身を痙攣させた。

もっちりした肉体は早くも上気し、生来の白さから、薄桃色をしのばせたエロチックな色合いに変わってきている。

そのうえ、きめ細やかな美肌には、しっとりとした汗の微粒までにじんでいた。熟れた果実そのものの、甘い香りがもっちりした女体から放たれはじめる。

「もしかして、けっこう感じてしまうこと、恥ずかしがっていますか。んっ……ピチャピチャ。ちゅうちゅう」

「ああ、そんな。あっあっ。ああああ」

慶太は乳を揉み、勃起乳首を吸ったり舐めたり、舌で転がしたりしながら律子に聞いた。

恥じらう未亡人はかぶりをふってみせながらも、心の底から否定しきれない。

事実、今この瞬間も、その欲求不満な肢体は本人の意志を裏切って、早くも暴走しかけている。

汗ばむ肉体の感度は、さらにどんどんあがっていた。

「我慢しなくていいんです。俺、もう知っています」

この人が姉になりきって、慶太とのプレイをしてくれた灼熱の夜を思いだして、慶太は言った。

「よ、吉浦さん」

「慶ちゃんって。よかったら、俺のこと、慶ちゃんって」

「ああ、恥ずかしいです。あああああ」

なおも両の乳房と乳首を責めたてながら、慶太は求めた。しかし律子は言葉のとおり恥ずかしがり、いやいやと髪を乱してかぶりをふる。

慶太は自然な流れにまかせることにした。なにごとも自然でいい。自然だからこそ、うまくやっていけるのである。

「律子さん、来て……」

「アッハァ……」

ひとしきりふたつの乳房を揉みしだき、左右どちらの乳もいただきの部分をドロドロに穢した。

慶太は律子の手をとると、ベッドから起こしてソファにいざなう。

ホテルのツインルームは、かなり広々とした造りである。部屋の一隅にはふたりがけのソファがあり、並んでテレビを鑑賞できるようになっていた。

「——っ。吉浦さん、こんなところで」

慶太が先に座り、両手を広げて未亡人を迎えいれようとすると、律子は困惑した。

俗にいう、対面座位の体位。すでにその身体は発情しはじめているはずなのに、ウブな熟女は本気でとまどい、羞恥にかられる。

「はい。ここでしたいです、律子さんと。ほら」

「アァン……」

躊躇する律子の手首をつかみ、強引に引きよせた。バランスをくずした未亡人は足もとをふらつかせ、されるにまかせる。

胸もとの乳が、ユッサユッサと官能的に揺れてはずんだ。つんとしこった乳首から唾液の汁を飛びちらせる。

「吉浦さん……」

「来て。ほら、もう俺、こんなです」

強制的に慶太にまたがらされた律子に、慶太は股間の一物をしめした。

ペニスはもうとっくの昔に、天衝く尖塔さながらの様相。どす黒い棹をビンビンに反り返らせ、赤銅色をした大きな亀頭を、ヒクヒクとふくらませたりしぼませたりする。

「ハアァ……」

チラッとそれを見た律子は、紅潮した美貌をさらに妖しく上気させた。

両目を潤ませ、いたたまれなさそうにしながらも、やはり熟女もまた、このままの状態ではいられない。

白魚の指でペニスをとった。いやらしく腰をしゃくり、女陰へと亀頭をいざなう。ぬめり肉と鈴口が密着するや、クチュリと艶めかしい音がした。

「おお、律子さん……」

「はうう、どうしよう……」

律子の淫肉がすでにとろけていることは、闇の中でもよくわかっていた。

亀頭に擦りつけられる膣口はヌルヌルで、案の定、豊潤な蜜をあふれ返らせている。

「来て、律子さん。お願いです。俺もう我慢できません」

期待の鳥肌が、くり返し背すじを駆けあがった。

大きな駄々っ子になって慶太は懇願する。

「よ、吉浦さん」

「来て。早く腰を落として」

「でも」

「いいから早く。お願いです。お願い」

「くっ……アアァン」

――ヌプッ！

「うわあ」

「ハアァ」

あおられた律子は、浅ましい行為に自らをおとしめた。慶太にまたがったまま、ゆっくりと腰を落とすや、猛る亀頭がにゅるんと膣内に飛びこんでいく。

そのとたん、ヌメヌメして温かな粘膜に全方向からペニスを包まれた。へたをしたら、それだけで射精してしまいそうな快美感。慶太は奥歯を嚙みしめて、吐精の誘惑にあらがう。

「ハァン、吉浦さん」

「もっと。もっと来て。律子さん」

「どうしよう。どうしよう」

「早く。ねえ、はや――」

「うああ。うあああ」

――ヌプヌプヌプヌプッ！

「あああああ」

「うおお……」

ついに怒張が、根もとまで律子の胎内に埋まった。先っぽだけでなく男根全体に、ヌルヌルと温かな粘膜を感じる。

しかも律子の粘膜の園は、ことのほか狭隘だ。

侵入してきた異物を排斥しようとでもしているかのように、全方向からペニスを押し返し、プレスするような動きをする。

3

「くうぅ、律子さん」

「アァン、吉浦さん……」

「動いて。いっぱい動いてください」

慶太は全裸の熟女を抱きしめ、卑猥なねだりごとをした。

律子の身体は先ほどまで以上に発汗している。密着した肌は汗のぬめりと驚くような熱さで、生々しいまでの生命力を感じさせる。

「吉浦さん」

「動いて、早く」

「こ、こう？　ねえ、こう？」

……ぐぢゅる。

「うおおっ！」

「ハアァァ、いやン、どうしよう。吉浦さん、私……」

「いいんです。いいんです」

腰をしゃくり、ちょっと性器を擦りあわせただけで、早くも律子はさらにおかしくなりかけた。あわてて理性をとり戻そうとする熟女をさらに強くかき抱き、訴えるように慶太は言う。

「いやらしくなって。お願いです。いやらしい律子さん、見せてください」

「吉浦さん……」

「誰も知らない、闇の中だけの律子さん。律子さんに愛してもらえた男しか見ることのできない、本当の律子さんを見せてください」

「よ、吉浦さん」

するとと律子が、慶太に呼応するように、せつない力で抱きすくめてくる。

（あああ……）

「いいんですね。ほんとにいいんですね」

「いいです。見せてください。嫌いになんてならないから。好きなだけ、自分を解放してください」

「ああ、吉浦さん、吉浦さん、うあああ」

……ぐちゅる、ぬぢゅる。

「くおお……」

「アッハァァ。いやン、どうしよう。おかしいです、私の身体。前はこんなじゃ。うああ。うあああああ」

「ああ、律子さん、いやらしい！」

ついに律子は、なにもかなぐり捨てて狂ったように腰をしゃくりはじめた。

両手を慶太の背中にまわし、汗まみれの裸身を密着させたまま、前へうしろへと腰をふり、自らの意志と動きで膣と亀頭を擦りあわせる。

「あうう、あうう、吉浦さん、気持ちいいですか。私、吉浦さんを気持ちよくさせてあげられていますか。あああ。あああああ」

律子はケモノのように腰をしゃくり、性器の擦りあいをつづけながら慶太を案じた。

だがそれは、はっきり言って杞憂《きゆう》というものだ。

「気持ちいいです。最高です。ねえ、律子さんは？　んっ……」

「ひゃん。き、聞かないで。お願い……」

「聞きたいです。ねえ、お願い、聞かせて。んっんっ……」

……ちゅうちゅう。

「うあああ」

胸板に押しつけられる乳首の熱さによけい情欲が増した。

慶太は律子を押し返すと、またしても片房の乳首に吸いつく。

「ハアァン、吉浦さあん、あああ」

「律子さん、律子さん、んっんっんっ」

……ピチャピチャ。ねろねろねろ。

「あっあっ。いやン、困る。困る。うああ。うあああ」

慶太も溶けてしまいそうな快さだが、おぼえる多幸感と官能の強さは、律子も同じに違いない。しかも熟女の快感は、乳首をしゃぶられ、舐め転がされることで、いっそう淫靡なボルテージをあげた。

「うああ。うああ。うあああああ」

（ああ、すごい腰ふり！）

律子に卑猥なスイッチが入ったことはもはや明らか。いつもみんなの前で見せる、たおやかな熟女は今日もまたどこかに消えていた。

慶太に抱きつき、顔を見せないようにこそしていたが、つつましさを感じさせるとしたらおそらくそこだけ。あとは完全に痴女モードに突入している。

「あああ。うあああああ」

「律子さん、気持ちいい？　俺のチ×ポ、気持ちいい？」

なにかに憑《つ》かれたように狂った嬌声をあげ、カクカクと腰をしゃくる淑女はとんでもなくエロチックだ。

そのうえこの人の淫華は、やはり名器と言ってもいい気持ちよさである。

ただでさえ狭隘なぬめり肉が、さらにウネウネと蠕動し、慶太の極太をしぼりこんでは解放する。

そのたびおぼえる窮屈さは、いっそう激甚なものになった。亀頭と膣ヒダがマッチでも擦るような強さで擦れあう。

火を噴くような快美感がまたたき、いやでも射精衝動が高まってくる。

「あああ。うあ、うあ、うあああああ」

（ああ、エロい！）

かてて加えて、このよがり声の破壊力はいったいなんだ。恥も外聞もなくとり乱し、性器を擦りあわせる原始的な快感に、完全なケモノと化している。

これがあの、楚々とした熟女の夜の顔かと思うと、ふるえるほどの昂りをおぼえた。乳首を舐め転がす舌の動きはいやでも激しさを増し、近づいてきた最後の瞬間を、どうにも慶太は抑えられない。

「うああ、うああ、うあああ」

「はぁはぁ、気持ちいい、律子さん？　俺のチ×ポ、気持ちいい？」

「うああ、うあああああ」

「律子さん！」

「き、気持ちいい。気持ちいい。吉浦さんのち×ちん気持ちいい。ごめんなさい、おかしくなってる。私こんなにおかしくなってあああ。あああああ」

（律子さん）

慶太の執拗な言葉責めに、ついに律子は陥落した。

肉厚の朱唇からほとばしる淫らな声は、早くもズシリと低音のひびき。鈴を転がすような美しい、いつもの音色とはまったく違う。

「り、律子さん」

「ああ。あああああ」

荒れくるう激情を、もはや慶太はいかんともしがたい。乳首舐めをやめると、ふたたび律子をかき抱く。ついには自ら腰をふり、膣奥深くにズボッ、ズボッと、怒濤の勢いで亀頭をたたきこむ。

「あああ、奥いいの。奥、奥。奥、奥、奥ううう。うああ。うあああああ」

「はぁはぁ。はぁはぁはぁ」

抱きすくめられた律子は、膣奥深くをえぐられる快感にむせび泣き、さらにはしたない声をあげた。

「おう。おう。おおう。おおおうおう」

(イ、イッてる……っ)

しかも、軽いアクメに早くも達してすらいるようだ。

人には聞かせられない品のない声を何度もあげ、見れば白目さえむいて、ガクガクと裸身を痙攣させる。

「おお、く、くぅ……俺もイクよ、律子さん。もうイクよ!」

――パンパンパン！　パンパンパンパンパン！

「あべはべはべば。あばばばばばあああ」

もはや律子は完全に、糸の切れた木偶《でく》。慶太に抱擁されたままぐったりと脱力し、意識も完全に白濁させて、セックスの悦びにただただおぼれる。

――グチョグチョグチョ！　ヌチョヌチョ、グチョグチョ！

「あべあべぶばばば。ぶばばばあああ」

もうなにを言っているのか、まったくわからなくなっていた。

それでも律子はなにごとかわめき、今この瞬間、たしかに生きている悦びを、恥も外聞もなく慶太に訴える。

最高だった。もう死んでもいいとすら思った。

こんな律子を目の当たりにできる幸せに、心から感謝した。

まぶたの裏に、自分で描いた十一面観音がよみがえる。心の中で、慶太は長いこと仏画に手をあわせた。

「おおお。おおおおお。イグゥ。イグゥ。イグイグイグ。あああああ」

「で、出る……」

「おおおおお。おっおおおおおおっ!!」

——どぴゅどぴゅどぴゅ！　びゅるる！

（ああ……）

ついに慶太は頂点に突きぬけた。意識を白濁させ、天空高く打ちあげられたような解放感にひたる。

しかもこの解放感は、甘酸っぱさいっぱいの快感のおまけつき。ドクン、ドクンと陰茎が脈動するたび、しびれるようなエクスタシーがくり返し脳天に突きぬける。

「あ、ああ……ハァア……」

「律子さん……」

「すごい……いっぱい……入って、来ます……吉浦さんの……精子……ああ」

「ま、まだまだですよ。まだ休ませてなんかあげませんから」

「えっ……あぁン……」

たった今射精したばかりだというのに、不思議なことにこの人への欲望は、さらに強いものになっていた。

律子の膣から怒張を抜く。

そのとたん、未亡人の女陰は放屁《ほうひ》のような音を立て、注がれたばかりのザーメンを生々しい音を立ててあふれさせた。

4

「ああン、こんな……こんなかっこ……ハアァ……」

「おお、律子さん、いやらしい！」

自分でさせておきながら、破壊力最大級の破廉恥な眺めに、いやでもペニスがふたたびビビンと天を向く。

お姫様だっこをして律子を移動させた慶太は、熟女を浴室に連れこんだ。バスタブの縁にこちらに背中を向け、和式便器にでもまたがるような姿勢で踏んばらせる。

「はぁはぁ……どうしよう、吉浦さん、恥ずかしい……でも、でも——」

「でも感じちゃうんでしょ、律子さん。そおらああ！」

「ああああ」

……ピチャピチャピチャ。れろれろれろ。

「あおおう、おう。ああ。あああ」

慶太は洗い場にひざまずき、まる見えの肛門に舌の責めをしかけた。両手で尻肉を鷲づかみにして動きを固定し、ひくつくアヌスに舌の雨を降らせる。

「ああ、そんな。そんなそんな。おおお。おおおおおっ」

「律子さん、オナニーして」

「ああ、吉浦さん、オ、オナニーって」

慶太の要求に、律子は色っぽい声をあげて悩乱する。

「指でクリトリスをいじくって気持ちよくなって。そうしたら、またマ×コにチ×ポ挿れてあげる」

「ハアァン、いじわる、いじわる。慶ちゃんのいじわる」

「さあ、やって。んっんっ……」

……ねろねろねろ。ピチャピチャ、ねろねろねろ。

「おおお。おおおおおっ」

秘肛を激しく舐められる快感に、熟女はあらがうことができなかった。

バスタブの縁に品のない格好で座ったまま、命じられたとおり、股の間に手をくぐらせ、ニチャニチャとエロチックな音を立てて陰核を愛撫《あいぶ》しはじめる。

(律子さん)

慶太は気づいていた。

今夜はじめて、ついに律子が自分を「慶ちゃん」と呼んでくれたことに。ふたりの距離がまた一歩近づいたことを感じ、不覚にも鼻の奥がつんとする。

「おお、いやらしい。律子さん、いやらしい。ねえ、もっとオナニーして。いやらしい律子さん、もっと見せて。んっんっ……」

……ピチャピチャ。ピチャピチャ、ニチャ。

「うおおお。はぁン、どうしよう、どうしよう、慶ちゃん、おおおおお」

またしても、律子はどんどんおかしくなりはじめた。

慶太に肛門を舐められる快感に恍惚とし、ふだんの律子からは想像もできない、はしたない自慰姿を披露する。

まるでかきむしるかのような、卑猥な手の動かしかた。ケモノのように股のつけ根を愛撫する姿の、なんといやらしいことか。

しかも慶太による背後からの圧力もあり、バランスをくずした熟女は前のめりになっていた。

伸ばした片手を壁について転倒を防ぎ、先刻までより尻をあげた中腰の体勢で、音を立てて勃起陰核をかきむしる。

（メチャメチャ、エロい！）

律子がするものとも思えない恥ずかしい姿に、慶太はうっとりと酔いしれた。

こんな律子を見ることができるだなんて、自分はなんと幸せな男だろうとまたしてもいい気分になる。しかも――。

――ぶほおっ！

「ヒイィ」

「おお、すごい。エロい、エロい！」

かなり力んでいるのだろう。

律子の膣からは、放屁のような音とともに、先ほど注ぎこんだザーメンが、糸を引いて勢いよく飛びだしてくる。栗の花を彷彿とさせる卑猥な臭いが、浴室の大気に濃厚に入り交じる。

「は、恥ずかしい。でも、我慢できないの。恥ずかしい、恥ずかしい。おおお」

――ぶほおっ！　ぶぴぴぴっ！

「ああ、いやらしい。最高です、律子さん。ねえ、愛してる。愛してます！」

「ひっ」

──ズブズブズブズブッ！

「おおおおおっ」

「おお、気持ちいい！」

　耐えきれず、慶太は二度目の合体を果たした。バスタブの縁から律子を下ろし、立ちバックの体勢で、背後から勢いよく猛る極太をたたきこむ。

「あう、あう、あう、あう」

律子はあっけなく、またしてもアクメに突きぬけた。白目をむきかけた凄艶な顔つきで、目の前の壁に汗みずくの裸身を投げだそうとする。

「だめです。まだまだですよ、律子さん。そらそら。チ×ポを挿れたり出したりしますからね」

──パンパンパンパンパンパンパンパン！

「うおおうおおう。おおうおおおおう」

まだなおアクメの余韻にあったにもかかわらず、すぐさま律子は慶太のピストンに反応した。ぐったりしかけた裸身にまたしても生命力をとり戻し、セックスだけが可能にするこの世の天国で、なにもかも忘れて淫らに吠える。

「おおおう。おおおおう。慶ちゃん、慶ちゃん、恥ずかしい、恥ずかしいです。

おおお」

目の前の壁をガリガリとかきむしり、低音のあえぎ声をあげながら、それでも律子は羞恥を口にする。

「でも気持ちいいんでしょ！　ねえ、そうなんでしょ！」

そんな熟女にカクカクと腰をしゃくり、渾身の力で膣奥深くまで亀頭をえぐりこみながら、はずんだ声で慶太は聞いた。

すると律子は、素直にそれに反応する。

「き、気持ちいい。慶ちゃん、気持ちいい。こんなのはじめて。お願い、嫌いにならないで。おおう。おおおう。おおおおぅ」

「なるもんか、嫌いになんか。律子さん、愛してる、愛してる。そらそらそら」

――バツン、バツン、バツン！　パンパンパンパンパン！

「おおう。奥ぅ。おぐぅ。おぐおぐおぐ。ぎもぢいい、ぎもぢいい。どうじようごんなごどざれだらもうわだじもうわだじあべあべばばばあああ」

(最高だ)

気づけば慶太の視界は、涙でじわりとにじんでいた。

性器でひとつにつながる熟女があまりにいとおしくて、どうしていいのかわからなくなる。

いや、愛すのだ。

どうしていいのかわからないなどとほざいている場合ではない。

死ぬまで、愛して、愛して、愛して、愛し抜くのだ。

もちろん、亡き姉の傀儡《かいらい》としてなどではない。本気で惚《ほ》れたひとりの女性として、自分のすべてを捧げて愛し抜き、ふたりで幸せになるのである。

「ああ、律子さん、だめだ。俺、また出ちゃいそうだよ！」

「うおおおお。うおおおおお」

突きあげるような抜き挿しで、バックから激しく律子を犯した。

熟女からは大粒の汗が噴きだし、大量のしずくがむちむちした裸身をしたたって流れる。前へうしろへと肉感的な身体を揺さぶるたび、パチン、パチンと肉が肉を打つ音が聞こえた。

乳と乳が激突しているのだ。

牛の乳のように垂れのびた見事なGカップおっぱいが肉実を打ちつけあい、そのたびふたつのおっぱいからも、大量の汗があたりに飛びちる。

「ああ、わだじも。わだじももうだめ。あああ。ああああああ」

（もうだめだ！）

キーンと遠くで耳鳴りがした。地鳴りのようなノイズが次第に大きくなり、耳鳴りと錯綜《さくそう》して壮絶な不協和音をひびかせる。

ぬめる膣ヒダと擦れあう亀頭は、歓喜のうずきを放ちっぱなしだ。じわり、じわりと爆発衝動が高まり、口の中に甘酸っぱい唾液があふれだしてくる。

「おおう、イグゥ。まだイッぢゃう、まだイッぢゃうンン。おおお。おおおお」

「り、律子さん、俺もイクッ！　うおおおおおおおっ！」

「おっおおおおっ！　おおおおおおおおっ!!」

──どぴゅう！　どぴぴぴぴっ！　どぴゅっ、どぴゅっ！　どっぴゅう！

（たまらない）

またしても重力からすら解放されるような全能感を、慶太はおぼえた。天空高く撃ちだされるだけでなく、今度は背中に羽が生えたような気持ちにすらなる。

（律子さん）

いとしい未亡人を抱きすくめたまま、慶太は空を舞った。無数の宝石がキラキラときらめく夜の空を、まちがいなく慶太は、本当に翔《と》んだ。

「あうう……慶ちゃん……慶ちゃん……」

「律子さん」

律子もまた、今宵《こよい》何度目かのアクメのただ中にあった。ビクビクと痙攣しながら、背後の慶太の口を求める。

ふたりはキスをした。

むさぼるようなキスだった。

射精と同時に力をなくしかけた陰茎が、たちまち力をとり戻す。

結局、このあと夜が明けるまで、ふたりはさらに五回、セックスをした。

朝が来るまで乱れに乱れた律子のはしたない艶姿《あですがた》は、慶太の一生もののお宝になった。